AF415788

UN FRACASO EXITOSO

EPISODIO II

ANTHROPODION

G. A. CHINNI

Tahiel
EDICIONES
Internacional
Grupo Editorial Libero

G.A. Chinni

Un fracaso exitoso / G.A. Chinni. - 1a ed. - Ciudad Autónoma de Buenos Aires: Tahiel, 2024.

250 p. ; 21 x 14 cm. (Anthropodion / 2)

ISBN 978-987-758-809-5

1. Narrativa. I. Título.

CDD A863

Imagen de tapa y contratapa: Foto de Klemen Vrankar en Unsplash
Diseño de tapa por Guadalupe Mansilla
Revisión y maquetación por Alejandra Palopoli

Dirección Editorial
Yanina Orrego

© TAHIEL ediciones 2024
Av. Rivadavia 6743 (Loc. 71)
(+54-11) 4-632-6136
info.tahielediciones@gmail.com
Capital Federal – Argentina
www.tahielediciones.com.ar

© G. A. Chinni 2024

A Gise, Sophi y Juan Martín

Toda coincidencia o parecido a cualquier hecho similar que hubiera ocurrido en la vida real es pura casualidad; no ha sido intención del autor. Los personajes y eventos de este libro son de ficción.

AL LECTOR

La mayoría vivimos una aventura riesgosa, un dilema:

*Cuando el cielo quiere nuestro éxito,
nosotros buscamos el fracaso.*

Pero hay un secreto que algunos tienen, un viejo Proverbio:

Jamás el justo fracasará.

Los libros de la serie Anthropodion pueden leerse de forma separada.

G. A. CHINNI

UN FRACASO EXITOSO

ANTHROPODION
EPISODIO II

PRÓLOGO

Este libro forma parte del Anthropodion: una serie de relatos sobre las generaciones que sobrevivieron a sus mismos actos e invenciones; abarca desde los Días Recientes y hasta los Días Últimos.

Inge Williams fue mi amiga y profesora de arte durante años, pero cambió de carrera y se comprometió con Liam, mi hermano. Ella es muy inteligente y activa; es una de las pocas personas cercanas que nos quedan. Muchos se han enfermado; sus padres y los nuestros se encuentran internados en Katheudo por causa de una extraña enfermedad. Amigos y conocidos han desaparecido sin dejar rastro; hace poco salimos de nuestra zona de residencia para buscarlos en una finca conocida.

Los servicios tecnológicos, Droves y Z-pots, se han vuelto más inteligentes que nunca; los humanos ya no necesitan pensar, meditar ni tomar decisiones por su cuenta. La sabiduría y el amor son bienes escasos. Los únicos problemas reales se vinculan con la naturaleza, con situaciones sanitarias o climáticas.

Liam y yo luchamos para no volver a nuestro pasado de adicciones; buscamos algo más, cada uno a su manera; porque, sobrevivir no es suficiente.

«Crónicas II del Anthropodion»,
Introducción de Luca Green (en vivo)

1

Salgo al parque y la mañana se ve apacible, aunque cubierta por una bruma gris. El parque, la finca toda, alberga hoy animales silvestres, también algunos de granja. Hay aves que parecen recién llegadas; no recuerdo haberlas visto antes. Por encima de las nubes oscuras, rápidas, se escuchan bandadas revoloteando; parecen ir y venir sin rumbo definido. Cerca de la casa, próximos a una torre construida de troncos, se alimentan dos burros.

Ardia acompaña a Fabien en una extraña rutina. Entran y salen de la casa de campo; inquietos, apresurados. Llevan y traen alimentos, canastos, ropas y herramientas.

Me cuesta comprender lo que sucede. No conozco mucho el lugar. Llegamos ayer a la finca y recién ahora comienzo a recorrerla.

Pierdo de vista a Fabien. Tampoco aparece su compañera. Liam, mi hermano, aún duerme. Me encuentro solo, aunque por un instante escucho la voz de Ardia dentro de una parcela de manzanos. Persigo un murmullo tierno mientras me interno entre las plantas frondosas, distintas unas de otras en altura, brillo y sombras; diversas, pero todas de figuras hermosas y delicadas.

Camino hasta el fondo del huerto. La bruma es cada vez más intensa, pesada.

—¡Luca! ¡Ven! —Se escucha la voz de Ardia no muy lejos.

Me detengo, pero no alcanzo a verla. Sigo unos pasos más. Avanzo entre las ramas que caen hasta el suelo cargadas por el peso de los frutos.

—No es un día para extraviarse ni para dar un paseo —dice la voz de Fabien.

—Debemos apresurarnos. El tiempo se acerca —dice ella.

—Es mejor que te quedes tranquila, sin hacer más esfuerzos, querida. Volvamos a casa.

—No puedo permanecer a la espera; temo que sufran nuestras plantas —comenta ella.

—¡Aquí! ¡Luca! —expresa Ardia mientras aparece entre la niebla que ahora es más oscura, como si fuera el fin de la tarde—. Ayúdanos, por favor, con estos manzanos. Busca una cesta, cualquiera de ellas, y llénala lo más rápido que puedas.

—Sí, claro —respondo—. ¿Qué ocurre?

—Queda poco tiempo, Luca —advierte Ardia.

—Y tu hermano, encima, ¡durmiendo! —comenta Fabien.

—Querido, ellos no tienen la culpa, son jóvenes, nos visitan.

—Sí, pero ni el desayuno se paga el otro mientras el tiempo se acaba —argumenta Fabien.

—Disculpen, pero no comprendo qué sucede —les digo.

—Tu hermano duerme, pero el mal nunca duerme —dice Fabien al llenar las cestas a una velocidad singular, como movido por algo urgente.

—Estamos bajo amenaza —aclara Ardia.

—Pero ¿de qué? —pregunto.

—Mira alrededor. Observa bien la tierra reseca —ordena Fabien al mostrarme grietas en el suelo—. Presta atención a las aves y al ambiente. Interpreta.

—El humo, el calor, el aire que respiramos —dice ella—. Debemos prepararnos.

De pronto, escuchamos pisadas cercanas.

—¿Qué pasa aquí? —pregunta Liam bostezando. Desplaza con dificultad una rama pesada al llegar.

—¡Bienvenido! —saluda Fabien levantando su enorme sombrero—. ¡Miren quién ha llegado! ¿Es el príncipe o una bella durmiente? Ten cuidado de no quebrar las ramas, por favor.

—Sería conveniente que ayudemos un poco —le digo a mi hermano—. Ven conmigo, tomemos unas canastas.

Hago unos pasos entre las grietas y raíces expuestas hasta llegar al árbol más cercano, donde termina la hilera. Comienzo a cosechar.

—¡Vamos! —le digo a Liam.

—Bueno. Sí. ¿Qué hago?

—Llena las canastas. Todas las que puedas. No sé bien qué está pasando, pero tienen prisa.

—De acuerdo. Tengo mucha hambre. Probaré una manzana mientras trabajo. Se ven deliciosas.

—Como prefieras, ¡pero comienza ya!

2

A cierta distancia se oye un zumbido intermitente. El calor es cada vez más intenso, la bruma se dispersa al comenzar a soplar el viento.

—Escucho un ruido recurrente, ¿lo percibes, Liam?

—No estoy seguro de qué pueda ser, pero proviene de lejos, de los campos que hemos visitado antes de llegar aquí. Es extraño.

—Subiré hasta aquella rama para poder recolectar las manzanas que están más arriba —propongo—, así terminaremos con esta hilera de árboles.

—¿Qué haremos con las canastas llenas?

Ardia y Fabien no contestan. Ya no están cerca.

—Esperemos a que regresen —sugiero sin tener demasiadas certezas.

Al llegar a la copa del árbol se escucha otra vez el zumbido. Logro asentarme sobre una horqueta, corro algunas ramas, y el espectáculo que se abre es desolador. En dirección hacia las tierras del establecimiento El Sueño se distingue un panorama sombrío; una pared de humo se eleva en la distancia y una línea roja marca el horizonte hasta donde alcanza la vista, de un extremo al otro. Parece fuego.

—¿Qué puedes ver, Luca?

Me cuesta distinguir las imágenes. Son algo lejanas, poco nítidas, cambiantes.

—Creo que son Droves de servicios operando sobre un incendio forestal o de cultivos. Veo puntos volando a baja altura sobre campos sembrados.

Fabien se acerca con un pequeño bolso y unas cantimploras:

—¡Ahora sí que están transpirando la camiseta! Tomen un poco de agua, se acerca el mediodía.

—Muchas gracias, Fabien. Estoy observando lo que ocurre allá, a lo lejos; hay Droves interviniendo en una situación confusa; no puedo ver bien.

—Les traje algo más —dice al sacar unos binoculares del pequeño bolso—. Serán muy útiles en estas circunstancias.

Liam me acerca los lentes. Los ajusto y comienzo a barrer el horizonte en busca de algún detalle o imagen clara.

—Luca, ¿cuántos Droves puedes ver? —pregunta Liam.

—No lo sé todavía. Es difícil mantener los binoculares en una posición clara, tienen bastante aumento.

—Más lento, hijo —recomienda Fabien—. Junta un poco más los codos y utiliza una rama de apoyo.

—¿A ver? Oh, sí, mejora la imagen. Veo cuatro Droves, de esos grandes que se usan para servicios especiales. Vuelan sobre el frente de fuego esparciendo agua. Ahora llegan cuatro más.

—¿Y las llamas? ¿Se apagan? —pregunta Fabien.

—No estoy seguro.

Un viento fuerte y cálido comienza a soplar. La escena cambia. Las llamas se extienden, llegan más alto. La línea roja resulta más evidente, aún sin los lentes.

—Tiene que resultar el trabajo de esos Droves —afirma Liam—. Han sido diseñados para tareas extremas.

—Ahora hay tres Droves —comento al mirar otra vez por los binoculares.

—El resto debe estar recargando agua —dice Liam.

—Es que no los vi partir. Pero esperen... ocurre algo. No lo puedo creer... El calor parece haber afectado a los Droves. ¡Están cayendo! Me temo que... están siendo consumidos por las llamas —expreso asombrado.

—¿Qué? No puede ser —manifiesta Liam.

—Es lo que me temía —dice Fabien, moviendo la cabeza de un lado a otro—. Será mejor que regresen a casa. Traigan las canastas, sigamos con los preparativos. Y... quédense con los binoculares, los necesitarán más tarde en el mangrullo, la torre que tenemos en el centro de la finca, cerca de la casa y del viejo establo. Habrá que vigilar.

Seguimos sus consejos, aunque estamos desconcertados.

3

Ardia y Fabien nos guían hasta una especie de garaje o vieja caballeriza anexada a la casa; tiene paredes de piedras, sin mucha luz. En una esquina se refleja una manija que pende de un artefacto de bombeo. No hay demasiadas cosas: algunos canastos, antiguas publicaciones, papeles y, en el centro, una tapa abierta o puerta horizontal que conduce a lo que parece ser un sótano. El lugar subterráneo luce como un depósito o bodega con toda clase de reservas: desde quesos, frutas y semillas hasta barriles.

—Pueden dejar las canastas aquí —indica Fabien junto al sótano—. Ya las bajaremos.

—Será mejor limpiar las manzanas antes de almacenarlas —sugiere Ardia.

—Aquí tienen —dice Fabien al arrojar dos paños y unas viejas publicaciones sobre las canastas—. Pueden poner las manzanas separadas con algunos papeles. Todavía queda bastante más por hacer.

Ellos se retiran mientras comenzamos nuestro trabajo con las manzanas. Una prisa, una urgencia repentina, sin duda afecta a Fabien. Ardia lo sigue como puede con su vientre prominente. A veces descansa en algún banco del jardín, sobre un tronco o en el sillón de la casa. En ocasiones se la ve feliz, en otras algo triste, con la mirada perdida más allá de los manzanos. He notado que sus manos son ágiles, sus brazos fuertes, su voz es apacible y sabia; su mirada ilumina; muy deliciosa es ella. Una vida que transcurre entre días gloriosos, jornadas de sufrimientos y momentos de espera. Es extraño, Ardia es de ese tipo particular de mujeres en las que resulta difícil estimar la edad que tienen. En ocasiones parece joven, hermosa y reluciente, llena de vida, de atracción, poder y gracia; sin embargo, en otras se presenta cansada, sin fuerzas, como avejentada. Pero siempre es sincera y natural.

Fabien regresa al viejo establo con más canastos.

—¿Qué están haciendo? —pregunta.

—Estamos clasificando las manzanas por tamaño y calidad —responde Liam—, como debe ser, tal y como has dicho.

—Pero, ¡yo no les he pedido eso! —aclara Fabien meneando la cabeza, con la mirada perdida hacia arriba—. Nunca lo hacemos así. No sé de dónde sacaron esas ideas.

—Aquí están las buenas manzanas —dice Liam mostrando un cajón seleccionado—. Es todo lo que pudimos obtener, el resto fue descartado por tener algún defecto, o bien quedó como de segunda calidad en las canastas; no todas tienen el mismo tamaño y aspecto.

—¿Descarte por defecto? ¿Segunda calidad? ¿A qué te refieres, hijo? —pregunta Fabien enojado—. Pero, ¡miren estos frutos, todos son buenos! —exclama al morder una pequeña manzana.

—Es que, así es como las solían ofrecer, todas iguales, sin manchas ni diferencia alguna de color, así las conocimos y consumimos hasta que se volvieron inaccesibles, escasas —aclara Liam.

—¡Ah, sí! Pero aquí es al revés, practicamos la cultura del suelo o también llamada «suelocultura» junto con la «diversocultura». ¡Estas son las que en verdad no sirven! —exclama Fabien al tirar y pisotear el único cajón seleccionado con manzanas uniformes, casi perfectas.

Liam me mira con espanto y desconcierto.

—¡Querido, no te pongas así! —pronuncia Ardia al regresar—. Recuerda, hace mucho que ellos no pasan por aquí. Me temo que tampoco han conocido otras fincas en su vida.

—Es cierto. Apenas tenemos el jardín que era de mamá —agrego—. Dejamos de visitarlo, aunque nuestra mascota lo hace en ciertas ocasiones. Ahora es todo malezas, una maraña inaccesible.

—De no creer —afirma Fabien sacudiendo otra vez la cabeza.

—Ya vendrá el momento de regresar, de volver a conocer —pronuncia ella—. Será necesario, inevitable.

—Es que, no lo sé, pero no tenemos tiempo… no sabemos qué hacer ni por dónde empezar siquiera —comento.

—¡No tienen tiempo! —exclama Fabien con ironía—. ¡No les alcanza el tiempo! —vuelve a decir ahora con extrañas lágrimas, quizá de risa.

—Creo que deben aprender algo —intenta explicar ella; busca decirnos cosas nuevas.

—¿Algo? Necesitan aprender todo —pronuncia Fabien.

—Déjame hacer el intento —dice Ardia—. Verán jóvenes, si te pones a clasificar frutas, o incluso personas, ya sea por tamaño o por cualquier otra virtud, pronto te encontrarás con que te quedas sin nada. Tu ilusión, tu vara o tus pretensiones, harán que crezca lo ideal y que disminuya lo real. Y así, pronto llegará el momento en que no tendrás más nada; mantendrás una imagen lejana, una ambición de perfección propia e innecesaria. —Hace una pausa, parece faltarle el aire. Eleva su rostro en busca de una nueva respiración profunda. El calor de la tarde se siente más intenso—. Primero conviene saber qué es bueno, de qué se trata un buen fruto, en qué consiste una buena compañía, si cae bien sin importar las diferencias o las imperfecciones. —Vuelve a tomar aire; esta vez dos veces—. Si descartan lo bueno de manera imprudente, comenten un error; quizá sea demasiado tarde para cuando se den cuenta.

Ella hace silencio por un instante. Luce como detenida en el tiempo, con su mano sobre su vientre.

—Ahora sepan disculparme, me retiraré un rato a descansar, no me siento demasiado bien. Solo recuerden, como escribió una vez El Sabio: «Primero viene el tiempo de guardar antes que el tiempo de tirar».

—En fin, volvamos a lo nuestro —dice Fabien—. Pueden dejar este tema de las manzanas, yo me encargaré. Aprovechemos lo que resta de la tarde para organizar los preparativos que tenemos pendientes afuera, que por cierto son muy importantes y urgentes. Traigan por favor los binoculares y las cantimploras.

4

Ardia camina con dificultad. Su vientre inquieto se muestra más prominente que en la mañana. Ella es bella en su mirada, en su voz, en sus palabras, gestos o dedicación. Y su aroma al pasar es como el de los manzanos: natural y materno. Su rostro sigue luciendo delicado, de mejillas hinchadas, con cierto brillo, aunque sus ojos hoy lucen algo caídos. Es una mujer con dolores que se mueve despacito. Algún sufrimiento, un dolor persistente, parece afectarla. Tal vez sea por el niño que lleva dentro o por cosas que desconozco, pero transcurre las horas impacientes, como esperando el momento de ver con claridad a su hijo. Es lenta para las quejas. Ella es como la Tierra o el sol, irremplazable, imperceptible en ocasiones, da y se gasta por otros mientras se consume sin pedirle nada al tiempo.

5

Salimos del viejo galpón y así comenzamos a enterarnos de algunas cosas.

Muy cerca de la casa se eleva una construcción rústica, hecha con troncos, de unos veinte metros de alto. En las inmediaciones se encuentran dos burros pastando, uno gris y otro más oscuro.

—Verán —comienza diciendo Fabien al golpear una de las columnas de madera—. Desde este lugar elevado, desde este mangrullo deberán vigilar esta tarde e incluso durante la noche. Lo he construido hace tiempo, cuando las cosas comenzaron a cambiar y la zona se volvió más insegura. Los perros y esta torre son nuestra protección contra los peligros del clima, las bestias salvajes y también de los rufianes.

—Y, ¿qué debemos hacer? —pregunto.

—A esta altura deberían saberlo. Algo han visto hoy. Pero igual será mejor aclararlo. Ese horizonte gris que han advertido desde los manzanos, el fuego de un lado a otro del horizonte, podría llegar hasta aquí y consumirnos en poco tiempo. Ahora todo depende del viento, de nuestra vigilia, de nuestras virtudes, pocas o muchas. Es muy probable que seamos puestos a prueba pronto.

—Debe ser por eso que se los ve preocupados —digo al tomar los binoculares.

—Esa es una de mis preocupaciones, aunque también hay otras cosas que afectan a un padre «suelocultor»; están su esposa, su hijo, el destino que este tendrá. Y también están los manzanos, claro. Hemos puesto bastante esfuerzo, años de dedicación, muchas mañanas de trabajo y esperanzas. Hoy vemos los frutos, pero no sé por cuánto tiempo más.

Fabien luce cabizbajo, como si un peso repentino cayera sobre él, sobre sus hombros, sobre su mirada también.

—Suban, les explicaré con más detalles. Usemos esta escalera. Vayan de a uno; los seguiré.

En silencio, sumidos en una espontánea reverencia, avanzamos con cuidado hacia lo alto de la fortaleza hecha de troncos por alguna mano artesana y fuerte. Incontables figuras talladas alegran el ascenso.

En lo alto el viento cálido sopla más intenso y constante. Es una pequeña montaña esculpida, la de Fabien; surge entre los frutales como un lugar de vigía y hasta de contemplación. Es un refugio activo donde los sentidos básicos se perciben de manera más evidente; la visión lejana pero alerta es posible desde el techo principal; los cantos de cada ave se distinguen con claridad; se despiertan aromas únicos a cada lado de la finca.

—Hemos llegado —dice Fabien al alcanzar la parte superior—. Los hice trepar un poco más; desde este lugar se aprecia todo el paisaje. Necesito que a partir de ahora se dediquen a vigilar el fuego; será hasta mañana temprano. Luego los relevaré. Estaré con Ardia durante la noche. No la veo bien con esto del embarazo. Sería conveniente organizar turnos para no fatigarse. Uno de ustedes tendrá que mantener la posición de vigía mientras el otro descansa en el piso inferior del techo, aquí abajo.

—Interesante. Linda panorámica —dice Liam—. Se ve toda la finca, los montes cercanos y más allá... el fuego, el humo... y quizá más Droves de servicios. Hermanito, préstame los binoculares un rato.

—Más arriba, sobre esta varilla, en el punto más alto, hay una veleta con forma de árbol que se mueve según sea la dirección del viento —indica Fabien con su mirada en alto—. En este momento, sopla en sentido lateral. Digamos que por ahora se encuentra retenido el fuego, pero eso puede cambiar de un instante a otro. Por eso, deben permanecer alerta e informar cualquier cambio importante que ocurra. El viento se siente del lado derecho, lo pueden oír zumbar y vibrar en uno de sus oídos, pero si cambia, si lo notan en la cara y en ambos oídos, si ven que el árbol de la veleta gira hacia la casa, deben hacer sonar siete veces la campana que está aquí debajo. Luego, tomen sus cosas y regresen lo antes posible al refugio que tenemos en el viejo establo.

—¿Necesitas que te ayudemos en algo más? —pregunta Liam—. Es bastante sencillo lo que nos pides. Podría quedarme yo solo, si quieres.

—Presten atención, esto que les estoy pidiendo es lo más importante. Se trata de no perder el tiempo, sino de ganarlo estando atentos, sin dormirse. No podemos desperdiciar ni una manzana ni un grano más. Nos han llegado noticias de que se ha perdido la cosecha mundial número setenta de granos y frutas; muy cerca de nosotros también hay evidencias de ello. Varias campañas han fracasado durante los últimos años. Las reservas mundiales se han acabado. Debemos vivir con lo diario. La belleza de las estaciones y de sus ciclos se ha terminado. El tren de cosechas que era movido de norte a sur y de sur a norte se interrumpió, dejó de funcionar: primero fallaron en el norte y luego… en el sur. Y así nos quedamos sin eso que llaman *stocks*. Nos comimos los suelos y los árboles; estos dejaron de producir, pero nosotros continuamos consumiendo.

»Antes era frecuente un cierto equilibrio; si en el norte se perdían cosechas, en el sur eran abundantes o al menos posibles, y a la inversa cuando menguaban en el sur. Teníamos un mecanismo que no fallaba del todo, que daba respiro, donde la escasez era limitada, poco extensa. Era una maquinaria natural muy útil, casi perfecta. Pero se rompió del todo por algún motivo; se alteró el funcionamiento natural de las cosas y aquí estamos, en vigilia de que algo peor no suceda; cuidamos cada fruto, cada grano, manteniendo las hojas y raíces una por una. Ahora le otorgamos nombres y fechas a las plantas, antes eran números.

—Entiendo. Haremos lo mejor posible —digo mientras me refresco un poco. El calor no para, reseca la boca y el rostro.

—Ahora debo seguir trabajando —afirma Fabien, algo agitado—. Les iré trayendo agua y comida.

Él desciende, toma uno de los burros, coloca un aparejo entre él y la bestia gris. Luego comienza a marcar zanjas alrededor de la casa y en parte de la finca con la ayuda del asno. Se lo ve pequeño al fornido Fabien. A paso lento pero constante forma una red de surcos que nacen en el interior del establo, donde se encuentra el sitio más alto de toda la finca.

Al cabo de un rato vemos un pequeño delta de zanjas secas que han sido trazadas desde el viejo establo y llegan hasta los alrededores de la finca. Fabien cambia de bestia, ahora es ayudado por la más oscura mientras la gris descansa.

6

Avanza la tarde, pero Fabien continúa lento, sin cesar. No descansa, ni bebe agua, ni tampoco pronuncia palabra alguna.

—Será mejor que vigilemos.

—Bueno, pero prefiero hacerlo luego, durante la noche, estoy más acostumbrado a trabajar sin sol. La luz del día me cansa, me da fatiga —afirma Liam al darme los lentes—. Me quedaré debajo del techo. Cualquier cosa me avisas y haré sonar la campana.

—De acuerdo. De todos modos, es mejor que descanses para que puedas estar fresco durante la noche —sugiero al verlo descender hacia la casilla construida un piso debajo del mío.

—No te preocupes, me quedaré haciendo unos ejercicios financieros y económicos. Encontré una vieja publicación entre las cosas perdidas del establo. Es muy completa y detallada. No sé cómo habrá llegado hasta allí, pero presenta los mismos fundamentos con los cuales se puede operar en Kakoo, el nuevo servicio financiero que comencé a operar antes de que viajemos hasta aquí.

—Quizá se use en la finca como papel para encender algún fuego —digo al tomar mi posición de vigía—. También es posible que empleen las hojas para limpiar cosas o envolver frutos; para esas cosas podría servir.

Liam desciende y saca un libro de una pequeña canasta de la cual parece no querer separarse desde que salimos del establo. La trajo junto con los binoculares, las cantimploras y algunas manzanas rescatadas de la furia de Fabien. Parece un tomo de esos clásicos, de autores iluminados y con estudios especializados, de hojas amarillentas con letra pequeña; interminable (mil doscientas páginas, por lo menos), de esos que resultan imposibles siquiera de comenzar a leer para cualquier persona sensata, pero necesarios para ciertas academias e instituciones.

—Esta publicación es un tesoro para mí —afirma mi hermano—. Me será de utilidad al regresar a casa. Tiene todos los fundamentos para la toma de decisiones. Se basa en algoritmos y predicciones probabilísticas. Va desde la estadística básica hasta las complejas series de comportamientos poblacionales. Incluye muchos ejercicios y una dedicatoria para las nuevas generaciones. Tiene muchos datos, eso es lo importante.

—No tienes cura. Terminarás siendo un «modelo borgeano» —digo al incorporarme para enfocar los binoculares con mayor precisión.

7

La columna de humo y fuego sigue en sentido lateral soplando desde el sector derecho de nuestro horizonte. Por ahora se mantiene a cierta distancia, aunque parece cruzar el camino principal y se dirige hacia el sector del criadero del establecimiento El Sueño. Y veo que en la laguna próxima a las instalaciones infernales surgen explosiones y grandes llamaradas. Es probable que el pestilente sulfuro de una de sus lagunas muertas origine el hecho. El fuego sigue avanzando. Todo está siendo destruido. Los cerdos que sobreviven se precipitan hacia los pastizales como una ola continua. Algunos logran salvarse, otros quedan atrapados en el fango del río Claro.

—Es horrible lo que está pasando en aquellos campos que conocimos camino a la finca —digo mientras vuelvo a tomar mi cantimplora—. El fuego alcanza la laguna, el criadero... grupos de cerdos son consumidos también.

—No exageres —comenta Liam desde abajo.

—Es que... luego no queda nada. Todo se evapora, desaparece.

—Todo va a estar bien. Despreocúpate, el incendio continúa lejos, no nos pasará nada —afirma Liam. Lo veo entre las rendijas del piso leyendo su libro reciclado; tantea manzanas sin apuro, despreocupado.

—El viento por ahora no se dirige hacia la finca, pero, no me gusta nada lo que veo con estos lentes. Algunos cerdos logran pasar el bajo del río Claro; avanzan entre los pastizales a gran velocidad.

—Relájate. ¿Quieres una manzana? Rescaté algunas entre el puré de frutas que hizo Fabien con sus saltos. No lo entiendo, desperdició las mejores y más valiosas.

—No, gracias. Es mi turno y debo seguir vigilando. ¿Por qué no descansas un poco? Creo que la noche será larga.

—Me siento bien. No estoy cansado. Me gusta este libro y las manzanas que traje.

La tarde pasa rápido. Anochece y Fabien sigue haciendo surcos iluminando su tarea con un pequeño farol. A lo lejos persiste un destello entre él y uno de los fornidos burros. Todavía no ha parado, salvo para cambiar de animal. Se oye con frecuencia su respiración entrecortada que surge entre los manzanos; denota esfuerzo y fatiga.

De improviso se escucha un ruido desde el establo. Un ritmo continuo de fuelle, de bombeo manual, parece. Se ve otra luz desde allí. El agua fluye por el surco principal del establo y se abre en canales hacia la finca. Debe ser Ardia trabajando para regar sus plantas, supongo. No hay nadie más allí debajo.

Fabien regresa con lentitud, entrega los animales a su mujer. Ella los alimenta mientras nos saluda desde abajo. Él continúa bombeando agua sin pausa.

8

Nos internamos en la noche que se presenta oscura, sin estrellas; ni siquiera la luna se muestra con claridad. El humo desciende, es cada vez más intenso, casi no hay viento. El bombeo se detiene. Fabien sale y sube hasta nosotros.

—¿Cómo están? ¿Qué han podido ver? —pregunta al dejar caer con cuidado una canasta con algunos panes, frutas y botellas de agua.

—Todo tranquilo —afirma Liam al tomar los panes.

—¿Y, tú, hijo, allí arriba? —pregunta preocupado.

—Allá lejos, en los campos, sigue el humo con destellos frecuentes. Sopla una brisa cálida que no parece dirigirse hacia aquí. Más temprano pude ver cómo el fuego llegaba hasta los criaderos de cerdos y hacía estragos. Algunos lograron escapar, por suerte.

—¿Suerte? No sé si a eso llamaría suerte —cuestiona Fabien.

—¡Qué buenos panes! —exclama Liam.

—Sí, los ha hecho Ardia hoy por la tarde, antes de comenzar con el trabajo de riego. A propósito, debo regresar y continuar.

—Muchas gracias por estas delicias —dice Liam.

—Bueno, pero, por favor, no se duerman —suplica Fabien—. Continúen con la vigilia, ahora viene lo más difícil —vuelve a insistir.

—Despreocúpese. Aquí estaremos bien despiertos —afirma Liam.

Fabien se retira.

Quedamos solos en la noche humeante y peligrosa. Desde lo alto se escuchan escasos ruidos: la bomba y no mucho más.

—Será mejor que me reemplaces —le sugiero a Liam—. Estoy cansado y temo quedarme dormido.

—De acuerdo. No hay problema. Subiré yo ahora, estaré atento.

Cambiamos posiciones y noto que han quedado pocas cosas en la canasta que trajo Fabien.

—¡Una manzana y un pequeño pan me has dejado! ¿No estaba llena esta cesta?

—Perdón, es que no me di cuenta —se excusa Liam—. Me fui comiendo parte de lo que preparó Ardia mientras leía, sin querer.

—Déjalo, descansaré un rato.

Enseguida comienzo a pensar en las historias contadas por Ardia. Suceden imágenes difusas, primero de caballos entre manzanos, luego corriendo por aguas y rocas que provienen de un destello no tan lejano. Me imagino como viviendo en un sueño incipiente, muy cerca de donde pasa un río cristalino, fresco, pero no puedo alcanzarlo, es difícil beber de él. Así me siento por un tiempo.

9

Me aflige una extraña desesperación; tengo mucha sed, hace demasiado calor, pero me resulta imposible llegar al río de mis sueños. Siento que me ahogo; no puedo respirar; me falta el aire.

—Agua, por favor —digo al despertar y buscar mi cantimplora. Me he quedado dormido—. ¿Liam? ¿Me escuchas? —pregunto al levantarme—. ¡Liam, se acerca el fuego! —grito al sentir un viento fuerte, muy caliente sobre el rostro que zumba sin parar y trae el chasquido de árboles cercanos.

Me aferro entonces a la soga que pende de la campana; comienzo a sacudirla con todas mis fuerzas mientras bebo algunas gotas de la cantimplora.

—¿Qué ocurre, Luca? —pregunta Liam al despertarse.

—¡Hay fuego en la finca, inútil! ¡Te has quedado dormido!

—Puede ser, pero tú también has caído. Los dos estábamos muy cansados.

—Pero... ¿No lo ves? ¡Estamos rodeados por el fuego! Ahora no podremos bajar.

Vuelve entonces el ruido de la bomba. Fluye el agua desde el establo y hacia los canales e inunda en poco tiempo los alrededores.

Los cerdos del criadero más cercano corren delante del frente de fuego. Veo manzanos prenderse fuego más allá, consumidos, humeantes.

El bombeo cesa y un fulgor aparece. Todo se ve rojizo, sanguíneo, casi insoportable. La puerta y la ventana del establo se cierran. Nuestra torre, la casa y el lugar de bombeo parecen islas entre las llamas contenidas por las aguas barrosas. Debajo surgen primero cientos de cerdos desesperados en búsqueda de refugio; también se ven ramas, troncos y animales grises esparcidos de un lado a otro.

El crujir de los árboles verdes y frondosos, encendidos por el fuego que avanza sin tregua, se une con los gemidos de Ardia. Ella sufre como una mujer que será gloriosa, con dolores de parto aguardando la promesa que hay en su vientre. Y ahora no solo ella sufre, sino también Fabien, nosotros y hasta el bosque mismo parece hacerlo. Liam se ve triste y cabizbajo, inmóvil.

Desde lo profundo de la casa se escucha primero el llanto de un nuevo padre, luego el de una reciente madre y, al final, el de un hijo que ha nacido en destrucción y en esperanza.

10

Me despierto con el golpe de las gotas que trae el viento hasta mi cara. Es de día, aunque no sé con certeza qué hora es. Una tardía e imprevista tormenta se desata. Estoy mareado, tengo náuseas. Subo por la escalera y veo a Liam tendido en la plataforma superior. También se ha desmayado por el humo y el aire viciado. Está a punto de caer por la cornisa.

—¡Liam! ¿Me escuchas?

No responde. Tomo sus piernas y hago todo lo posible para moverlo hacia el centro del mirador, un sector más seguro que el borde húmedo. Entre sus cosas hay una botella con agua; mojo sus ojos varias veces.

—Me duele la cabeza. ¿Qué ocurre? —pregunta al volver en sí.

—Bien, ya puedes hablar. Nos desvanecimos durante el incendio. Ahora se ha desatado un temporal de viento y lluvia fría.

—No entiendo nada.

—Será mejor que bajemos. Parece que el fuego no ha llegado hasta el interior del establo ni tampoco hasta la casa; solo una parte del tejado se encuentra afectado. Además, quisiera saber cómo están Fabien, Ardia y su hijo; escuché su llanto durante la noche.

—Puede ser, pero necesito un poco de agua antes, y... me tienes que ayudar a bajar estas cosas: en especial el viejo libro de criptomonedas y finanzas. ¡Qué cansado estoy! Despacio, por favor.

A medida que descendemos el panorama se vuelve aún más desolador con cada detalle que encontramos. La lluvia cae ahora con más fuerza. Muchos cerdos están apilados, achicharrados, contra los restos de manzanos. Comienza a correr barro y agua por los surcos. Es difícil caminar, los pies se nos hunden cada vez más. Las pisadas de muchas bestias se funden entre las cenizas y el lodo. Los frutales linderos a la casa y a la torre parecen podados de manera siniestra; chamuscados, humeantes, se apagan ya sin vida.

—Será mejor que se apresuren o sufrirán la tormenta. —Es la voz de Fabien del otro lado de la puerta del establo.

—Ayudame, hermanito —dice Liam al posar su mano sobre mi hombro.

—Les traeré una soga —propone Fabien.

—Vamos, Liam. ¡Un poco más, hasta la puerta! —Lo animo.

—¡Agarren el extremo! —ordena Fabien al abrir y arrojarnos una soga—. Busquen los nudos que hice.

El barro y la cuerda se escurren entre mis manos, pero logro dar varios pasos junto a Liam.

—Han sobrevivido. No es poca cosa después de todo lo ocurrido —dice Fabien al tomarnos con sus fuertes manos—. Será mejor que primero se limpien, luego podrán comer algo y pasar a la bodega, allí están Ardia y... Elfis, nuestro niño.

—¡Guau, qué bueno! —expreso al secarme—. Bajaré a verlos.

—¡Es muy bonito mi Elfis!

—Yo iré más tarde. Apenas si puedo sostenerme sentado —dice Liam.

Al descender encuentro que Ardia y su niño están dormidos. Puedo verlos gracias al destello dorado de una vela que hay en el centro, erguida en un pequeño candelabro. Ellos descansan en un rincón silencioso y rodeado de víveres; de un extremo al otro del sótano se almacenan mercancías. Me aproximo para observar con mayor detalle el rostro envuelto y acurrucado que se esconde entre los pechos de su mamá. El bebé respira un poco más rápido que ella.

—¡Que lindo verte, Luca, querido! —dice Ardia en voz baja al abrir sus ojos sin prisa—. Ven, acércate un poco más y podrás verlo mejor.

—¡Es hermoso, se parece a ti! —digo susurrando.

—Gracias. Sostenlo por favor, voy a levantarme. —Me acerca el niño y lo deja caer con suavidad sobre mis brazos. Huele a perfume de frutas, como su madre—. Necesito prepararle un lugar provisorio para que pueda dormir tranquilo —dice con voz pausada—. Ha sido una noche en la que casi nos alcanza el fuego a todos. Y esos animales, los de criadero, desesperados de aquí para allá arrasando con todo, según me comentó recién Fabien cuando vino a buscar una soga. Gracias al cielo nació Elfis y veo que estás bien. Tu hermano Liam, se encuentra bien, ¿verdad?

—Sí, aunque se siente un poco mareado. Han sido los efectos del humo y el calor; tuvimos una noche terrible, casi perecemos. Ocurrió todo bastante rápido y de forma imprevista.

—Así es, pero ya ha pasado. Ahora tendremos que trabajar un poco más con Fabien.

—No sé mucho de fincas ni de manzanos, pero será un trabajo prolongado... digamos. Podremos volver en cualquier momento para ayudarlos. Tendremos que irnos en cuanto deje de llover. Nos queda poco tiempo antes de que se termine el permiso de noventa y nueve horas que nos asignaron para salir de nuestra zona.

—No te preocupes. Déjame pasar la mano por debajo de su cuello —dice Ardia al volver a tomar el niño en sus brazos—. Luego veremos qué trabajos nos esperan, cuánto se ha perdido. Ahora dejemos que Elfis descanse tranquilo en este cajoncito que le he preparado. Subamos, voy a llevar algo para comer —dice al colocar en una canasta una horma de queso, algunas manzanas y varios panes.

Liam también se ha quedado dormido, sentado, con el cuello torcido a un lado mientras ronca.

11

Fabien, el más fornido de los hombres que he conocido, sostiene la puerta recién abierta. Permanece de espaldas, como una sombra sin movimientos ni respiración. Delante de él, atravesando la lluvia copiosa, se escapa una mirada eterna buscando manzanos que ya no están; ojos profundos que anhelan encontrar algún sobreviviente en el huerto.

—Fuego y agua. Mucho fuego y ahora... mucha agua. ¿Qué hemos hecho para merecer esto? —expresa Fabien.

—Querido, no se trata de merecer, sino de vocación y compromiso. Solo así tendremos claridad para poder seguir —dice Ardia al salir.

—Estoy confundido. Si no fuera por el niño, creo que... no lo sé. No podría seguir un minuto más... Además, se ha perdido otra cosecha más en las principales zonas productoras. Costará conseguir alimentos y semillas.

—Si nos dejamos ganar por la desesperación, no lograremos nada. Ahora no pienses en lo perdido, sino más bien en renovar nuestros huertos. Podremos usar algunas de las semillas que hace tiempo tenemos guardadas; se perderán si no las sembramos pronto.

—Es que... ¡nos ha costado tanto todo! —susurra envuelto en una sombra oscura y pensativa.

—Sabes, no será fácil, pero ahora tendremos que vivir por fe, con esperanza en aquello que no vemos, con la certeza de que estamos haciendo lo mejor posible. Si la Tierra sufre, nosotros sufriremos; si se alegra, nos alegraremos también. Es inútil vivir aislados de ella. No podremos ser personas completas si pretendemos separarnos de este lugar, de nuestro suelo y de lo que nos rodea. Si así lo hacemos, buscaremos ser dioses... o bestias.

—Se necesita valor para eso —dice meneando la cabeza.

—La fe, la esperanza, las acciones, si van todas juntas sostenidas con amor, el cielo las completará, las hará hermosas, estoy segura de ello.

—Sí, pero el haber perdido todo, o casi todo, parece ser una especie de juicio contra nosotros...

—No lo sé. De todos modos, un juicio no es lo último, es el principio; podemos ser inocentes o incluso reconciliarnos si fuimos culpables. Vivamos ahora de manera un poco más espontánea, menos controlada, menos previsible, con la esperanza de situaciones nuevas. Quizá, esto sea un progreso. He aprendido algo: el sufrimiento hace que cambiemos malos hábitos o patrones muy arraigados en nuestra rutina. Eso sería un verdadero avance, cambiar esas cosas que no nos llevan a ningún lado, que nos distraen de la vida misma.

—El problema es que debemos pasar por el dolor, por las catástrofes y el sufrimiento —argumenta Fabien meneando la cabeza.

—Hemos comenzado desde cero en reiteradas oportunidades. ¡Recuerdas! ¿Te has olvidado de las veces que tuvimos que recomenzar una siembra, una plantación, hacer una nueva comida o buscar nuevos animales? Creo que nos acostumbramos a pedir y a exigir demasiado. Teníamos mucho y el peso se sentía. Ahora que lo hemos perdido, creo que resultará más liviano, más llevadero. Tendremos más tiempo para planificar y ejecutar cosas mejores.

—Hablas de volver a confiar en lo invisible. Es difícil, querida.

—Es como este grano de trigo —dice al tomar uno pequeñito entre sus dedos—. Si no muere, no da fruto. No dejes que el miedo o el orgullo nos priven de la oportunidad de hacer algo bueno con lo que tenemos entre manos. No rechacemos la aventura de vivir por medio de esa fuerza invisible, la única que puede completar, tarde o temprano, todo para bien.

—La vida es ambigua, Ardia —afirma Fabien.

—Lo es. Pero ahora tengamos claridad en medio de toda esta confusión. Y la claridad la podremos lograr si comenzamos con acciones de fe, si nos aventuramos en los misterios de la voluntad del amor, del cielo, de lo que todavía no vemos. Aunque no es posible eliminar todo este caos en un instante, podemos comenzar a invadirlo día a día, minuto a minuto, buscando un poquito más en cada momento al irrumpir con fe hasta que ocurra como la luz en una mañana de invierno, que en forma lenta y progresiva lo abarca todo, logra fluir sin cesar; y así la noche oscura se deja invadir por el sol, porque esto es algo bueno, es su tiempo; resulta superador y necesario.

—Ardia, entonces, ¿quieres decir que el desorden nunca puede ser eliminado? ¿No pueden ser alcanzadas la perfección y la armonía? —pregunto.

—La fe, junto con la esperanza que surge de esta, tienen efectos solamente si permanecen presentes y activas —dice ella al tomar una canasta—. Prueba por favor estos dos panes, hijo. —Hace una pausa breve—. Dime qué te parecen.

—El primero me gusta más —afirmo al indicar uno de ellos.

—¿Y el otro? ¿Qué dices?

—No lo sé, parece que este último no tiene sabor.

—Así es. El primero tiene una pizca de sal mientras que el otro no la tiene. Ayer, en el apuro de la tarde, me olvidé de ponerle algunos granos de sal a una de las masas. Ya ves la diferencia.

12

La tormenta comienza a cesar. Fabien busca su sombrero; prepara la soga, llama con un silbido a uno de los perros que descansan en el establo. Sale a paso firme por el lodo que corre lento hacia los surcos.

—Fabien, espérame, ¿quieres que te acompañe? —grito al ponerme una tela gruesa, del tipo lona, sobre la cabeza para protegerme de las últimas gotas de la tormenta—. Todavía tenemos un rato más, antes de que tengamos que partir.

—Como quieras, pequeño. Iré a dar un paseo por la finca y a ver qué queda en pie.

—Iré detrás de ti, si te parece bien.

—De acuerdo —dice al regresar—. Agarra bien la soga, la usaremos para no caernos mientras avanzamos entre el barro, las piedras y los charcos. Siempre resulta útil tener una soga a mano —dice al formar un nudo en uno de los extremos—. Una vez escuché que una soga como esta, de tres hilos, no se rompe con facilidad; además, «dos son mejor que uno». Ponte también estas botas de Ardia, creo que te quedarán bien.

Nos desplazamos con cuidado. Sufrimos algunos resbalones y caídas. Al principio vemos restos humeantes de manzanos. Muchos cerdos descansan apilados, tapados. Las cenizas y el barro tiñen esta parte de la finca.

Fabien camina primero; trato de llevar el paso. Con frecuencia inclina su cabeza haciendo un gesto particular. No estoy seguro, pero es como si pronunciara el nombre de cada uno de los manzanos que vio crecer, pero que ya no están.

Al pasar a otra franja de la finca la desolación se termina de manera imprevista. El camino oscuro y triste se diluye. No hay más cenizas. La niebla se disipa, dispone un nuevo panorama.

Y descubrimos que una parte de la finca luce intacta: varias hileras de manzanos se han salvado; el huerto tampoco fue tocado por el fuego; un estanque cercano todavía contiene agua.

—Es... Es increíble —balbucea Fabien.

—¡Qué extraño, las llamas no han pasado por aquí! —expreso asombrado.

—Ayúdame un poco a saber qué tenemos aquí. No soy muy bueno con los números, pero, mientras recuerdo los nombres de cada árbol y de cada planta, tú procura seguirme; lleva la cuenta si quieres, aunque... sabré los nombres que faltan. En fin, comencemos.

Fabien cita cada uno de los árboles y plantas que viven. Nombramos y contamos todo lo que no ha sido destruído por el calor abrasador ni la tormenta ha dañado. Caminamos por varias filas mientras la mañana se abre y muestra un rocío plateado sobre las hojas brillantes y gruesas. Lo peor ya ha pasado; ahora resurge un día brillante, fresco e impregnado de humedad.

Al terminar de pasar lista a cada especie, al considerar cada individuo verde del huerto, llegamos a la conclusión de que un tercio de la finca se ha perdido. Fabien luce cabizbajo. Los manzanos y frutales afectados han sido los más queridos por él, los más añosos y fecundos. Los sobrevivientes son ejemplares jóvenes, menos productivos por el momento, pero están vivos.

Antes de regresar a la casa otra sorpresa se presenta en el camino que ingresa a la finca.

—Caballos... pisadas de caballos —balbucea otra vez Fabien—. ¡Es imposible aquí y en estos tiempos!

—¿No serán, tal vez, las huellas que dejaron los burros? —pregunto.

—Son distintas. No, no se parecen. Conozco muy bien las pisadas de mis animales. Observa bien, los cascos de caballos van hacia la casa y el mangrullo; han pasado o han estado por allí. Las de los asnos, estas otras, diferentes, van en sentido contrario.

—Pero no vimos ni escuchamos caballos en la noche —afirmo.

—Quién sabe... tal vez ocurrió cuando todos nos quedamos dormidos. En fin, veamos primero a dónde conducen las pisadas de mis burros.

No muy lejos veo al animal gris y, un poco más cerca, al de pelaje oscuro a la vera del camino buscando algunas hierbas en un relicto de vegetación. Nos acercamos a ellos. Poco a poco logramos conducirlos hacia el establo. Están asustados y avanzan con dificultad.

13

Al regresar, Fabien se mantiene en silencio, quizá no tenga muchas ganas de hablar; luce desanimado y no presta cuidado a su mascota (ella busca atención con algunos lamidos suaves). En el sótano se escucha el llanto del niño. Liam despierta recién ahora.

—Mi cuello —se queja mi hermano—. ¿Qué ocurre?

—Recién llegamos de recorrer la finca —comento al sacarme las botas.

—¿Has encontrado algo, querido? —pregunta Ardia mientras sube por las escaleras.

Fabien permanece en silencio.

—¿Qué te ocurre? —pregunta ella al asomar su cabeza.

—Es extraño... —dice él pensativo, buscando palabras para comenzar con la explicación de lo que hemos visto—. En primer lugar, hay una franja que ha sido afectada por el incendio y la tormenta; todo el sector central de la finca se ve devastado. Lo más sabio se ha perdido. Aquello que más valorábamos ya no está.

—Sin embargo, ha sido afectado solo un tercio de la finca —comento.

—Esa es una excelente noticia —afirma Ardia.

—¿Cómo dices eso? ¡Maldita tormenta, maldito fuego! —exclama Fabien.

—Querido, no digas eso. —Ardia se acerca con ternura hacia él—. Cuida tus palabras, salva tu corazón y nuestro destino. Las palabras son divinas, merecen todo nuestro respeto. Debemos separar y apartar las mejores, conservarlas. Lo que pensamos y decimos se cumple de una u otra manera, afecta nuestro destino. Las palabras... son regalos que debemos emplear con reverencia y cuidado. Busquemos utilizarlas con entusiasmo, ejerciendo humildad. No se trata de groserías, letras al azar, diversión o alguna moda, se trata del corazón, del momento y de las primeras condiciones que disponemos para el futuro, para lo siguiente que sucederá. Las palabras mueven voluntades.

—Disculpen, tengo hambre y sed —dice Liam mientras el niño comienza a llorar.

—Fijate, de las entrañas y del corazón surgen las palabras. Él y nuestro niño tienen hambre; ellos expresan una necesidad, de igual manera ocurre con todo lo que decimos. Pero ahora, comamos, les preparé algo.

Ella despliega sobre el piso un lienzo. Pide que nos sentemos de la mejor manera posible. No hay sillas ni mesas. Formamos un pequeño círculo mientras Ardia trae un canasto; saca de él frutas, panes, quesos y una vasija con jugo.

—Pronto tendrán que partir, según tengo entendido. Será mejor que tomen fuerzas —dice ella.

—Así es. Antes de que se cumplan las noventa y nueve horas debemos estar en la frontera. Se termina nuestro permiso de tránsito. Estimo que no queda mucho tiempo; no sé si lo lograremos. Antes de que caiga la tarde debemos cruzar —afirma Liam.

—Fabien, se me ocurre algo —propone Ardia—. Dunam y Jupom podrían llevarlos a tiempo para que no los perjudiquen las autoridades.

—Puede ser, casi los perdemos —dice Fabien.

—Es un milagro que todavía estén vivos. Pero ¿dónde estaban? ¿Cómo los encontraron? —pregunta ella.

—¿Se refieren a los burros? —pregunta Liam—. ¿Volveremos montados en ellos? Será divertido, hermanito, verte sobre uno de ellos.

Fabien explica lo sucedido al seguir las diversas pisadas que encontramos. Menciona al pasar las singulares huellas que parecían de caballos como un hecho sin explicación aparente.

—Ha estado por aquí —afirma Ardia—, por estos lugares y con sus caballos; lo percibía, aunque no lo vimos. Estuvo en la noche, en la tormenta. Perdimos una parte, pero evitó que desfallezcamos. Es lo mejor que nos ha sucedido. Quiere decir que él ha regresado. No estamos solos. Eso es bueno, muy bueno. Ahora comprendo mejor lo que leí en el Libro Negro y lo que me ha suscedido de niña. Esos viejos relatos junto con lo que me ocurrió entonces comienzan a adquirir sentido de una forma inesperada.

—Ardia, no comprendo —dice Liam.

—Él, Arniom, ha vuelto —susurra ella—. Lo sé ahora. Tengo esa certeza, aunque no lo he visto nuevamente. Si hay caballos, si hay pequeños hechos aquí o allá, aunque parezcan simples o cotidianos, como esas huellas o un nuevo día, quiere decir que no ha muerto ni que se ha olvidado de nosotros, sus amigos; todavía vive. Ya no es más un mito cualquiera. El Buscador de Los Caballos Perdidos ha regresado; es más que un «sueño feliz», son evidencias; el mito del que alguna vez hablamos se ha vuelto realidad. Hace ya muchos años vi correr los más bellos corceles por la senda que llega a nuestra finca. Arniom, criador y amo de estas tierras, administró con justicia y amor todo el territorio hasta donde alcanza la vista. Desde el lejano monte Numin y hasta la desembocadura del río Met era todo de su propiedad. Pero luego de La Grán Rebelión todo cambió. Creo que... es posible un recupero de sus tierras y de su gente.

—Pero, hemos escuchado que es solo un mito esa historia —argumenta Liam.

—Insisto con algo que les he dicho cuando llegaron aquí, los mitos, además de ser un camino hacia la razón, pueden esconder alguna verdad que es necesario descubrir. El profesor Jack, maestro de sus padres, los llamó «sueños felices», argumentando así esas extrañas historias esparcidas por todas las regiones acerca de un ser superior que muere y vuelve después a la vida, que también ha difundido un nuevo sentido, un nuevo destino y hasta una liberación.

—Pero ¿con qué necesidad? ¿No es mejor ser claros, directos, e ir al grano sin dar vueltas? —pregunta Liam.

—Querido Liam —dice ella—, recuerda, la vida de las personas depende de las mismas cualidades míticas que tienen los relatos, las historias, las leyendas o los cuentos. Como decía el profesor Jack, los seres que encuentras allí tienen sus «almas desnudas», están a simple vista; «el valor del mito reside en que toma las cosas que vemos a diario y estamos acostumbrados, esas que solemos ver como si estuviéramos dormidos, y les devuelve el significado que había quedado oculto entre lo común y lo rutinario». Esto no quiere decir que haya que volver a todos los mitos antiguos, sino que conviene comenzar y rescatar al menos el último de ellos, el que encierra y resume todos los anteriores, el más probado y difundido de ellos, el que contiene más evidencias y se mantiene a través del tiempo. Este último mito perdura a toda ciencia y a toda magia; resultaría un *Mito Verdadero* para Jack. No una ficción más, más bien algo central que forma parte del conocimiento.

—Quién sabe, probablemente en el futuro tendré tiempo e interés en esas cosas —comenta mi hermano.

—Valora tu tiempo, Liam. Es lo más preciado que tienes. Ahora, querido, cuéntame qué más encontraron con Luca.

—No sé por dónde comenzar —dice Fabien meneando la cabeza.

—En estos casos, cuando todo parece confuso, no es nuestra capacidad lo que hace posibles las cosas, sino al contrario, el darnos cuenta de nuestra incapacidad es lo que ayuda a mejorar. Hagamos algo nuevo en el sector que se ha perdido; aceptemos esta situación y así ganaremos mucho; no perderemos aún más. Ahora es necesario cuidar lo que ha quedado, que por cierto no es poco. Si continuamos lamentándonos, o peor aún, si damos lugar al miedo y al orgullo, nos quedaremos sin nada, tomaremos malas decisiones o nos paralizaremos. Una pizca de fe, algo de esperanza y algunas acciones del corazón harán que el cielo haga el resto.

Fabien se levanta en silencio; se dirige al sótano.

—Luca, será mejor que partamos pronto —propone Liam.

—Les prepararé algo para el viaje —dice ella.

—Muchas gracias, Ardia. No queda mucho tiempo —afirmo—. Lamento que tengamos que dejarlos. Quisiera quedarme y poder ayudarlos.

—Ahora es tiempo de partir para ustedes; es tiempo de empezar a sembrar para nosotros. Nos volveremos a ver, estoy segura de ello.

Se escuchan los pasos de Fabien subiendo por las escaleras: —Sería bueno probar estas semillas, no las empleamos desde hace varias campañas; necesitamos cereales y habas en la finca, serán de utilidad para nosotros, para los animales y para el suelo —dice al señalar con su mirada dos bolsas que lleva sobre sus espaldas mientras sostiene a su pequeño Elfis en uno de sus brazos.

—Muy bien, así se hará —afirma Ardia, alegre y brillante.

—Debemos irnos —propone Liam.

Ella recibe al bebé que busca ahora su pecho. Fabien acomoda los costales; toma la soga que utilizamos hoy.

—Lleven esto —dice al arrojarla—, quizá pueda serles útil en algún momento.

Despedimos al niño y a su madre. El hombre fuerte nos acompaña hasta donde descansan los burros. Antes de salir nos brinda algunos consejos para el viaje. Liam parte con Jupom, el más oscuro; mientras que yo lo hago con Dunam, el gris.

—¡No se preocupen por mis animales, sabrán cómo regresar! —grita Fabien mientras dejamos la finca—; han hecho ese camino muchas veces. Vuelvan cuando quieran. Los estaremos esperando… —es lo último que se escucha.

14

Salimos de la finca por la antigua y poco marcada Senda de los Caballos Perdidos. Al cabo de un rato nos aproximamos al establecimiento El Sueño. Dos grandes franjas surcan el campo y se pierden en el horizonte; la primera abarca las instalaciones; la otra las plantaciones. Poco menos de la mitad, quizá un tercio, de todo el lugar ha sido afectado por el fuego y la tormenta. Vemos árboles caídos, calcinados, troncos arrancados, hojas secas, laceradas por la tormenta; parece haber ocurrido una fuerte caída de granizo luego del fuego desatado por rayos; por suerte no estuvimos aquí.

«Debe haber sido en este lugar —pienso asombrado—. Los restos de un impulsor apenas se distinguen entre las cenizas que reposan e inundan el lugar. Del resto, nada ha quedado. Recuerdo cómo caían los Droves desde lejos».

El sol vuelve a calentar; el camino ya está seco. Nadie ha pasado por aquí, no hay otras huellas en la arena gris, sino las que dejamos con los burros. Desaparecieron los alambrados y las tranqueras; no encontramos entradas ni salidas por ningún lado. Cuesta distinguir por dónde sigue el camino. Cinturones de destrucción pasan de un lado al otro del paisaje.

El río Claro hoy muestra un tinte rojizo, como si fuese sangre; mucho más lleno que antes, comienza a fluir. Sigue sucio, pero ahora se mueve, revive por un instante. Del puente predominan hierros retorcidos, enhebrados como si fueran huesos débiles. No obstante, de un lado ha quedado un remanente de losa, hierro y madera reseca que podría resistir el paso de los burros, tal vez nuestro peso también. No podemos continuar a pie, de esa manera no llegaríamos a tiempo a la frontera; podrían detenernos si superamos el tiempo asignado de noventa y nueve horas.

El puente cruje a medida que avanzamos. Dunam casi resbala mientras que Jupom trastabilla con una viga caída. No parecen tontos estos animales, sino todo lo contrario, son hábiles; uno es fuerte y el otro paciente. Y así logramos pasar la pesadilla del río Claro.

15

Falta poco para llegar a la frontera y salir de la Zona 3. Aquí el fuego y la tormenta no han llegado. Se presentan franjas verdes de plantaciones sin daño aparente. A lo lejos aparece el paso fronterizo, la aduana con las casillas establecidas debajo de la muralla para ingresar a la Zona 4 y llegar a casa.

—Será mejor dejar a Dunam y Jupom —sugiero—. No creo que resulte conveniente continuar con ellos, podrían hacerles algún daño; además, corremos el riesgo de que nos demoren varias horas si llamamos la atención.

—De acuerdo; seguiremos a pie a partir de aquellos arbustos con sombra —dice Liam al señalar unas matas de mediana altura que crecen junto al camino—. Allí también podremos refrescarnos y dar descanso a los burros.

—Tengamos precaución. Creo han enviado Z-pots a buscarnos, debe faltar poco para que finalice nuestro permiso. Veo dos figuras idénticas que salen de la frontera.

—Es probable que todavía tengamos algunos minutos. Estamos llegando. De todos modos, ¡apresúrate, Luca!

Dejamos atrás a Dunam y Jupom; permanecerán escondidos y pastando hasta que caiga la noche; entonces podrán emprender su regreso. Los dejamos a su voluntad.

Avanzamos a pie. En una curva observamos dos Z-pots que vienen a nuestro encuentro. Un poco más lejos, en la salida de la frontera, otros dos se suman. Todos oscuros, sin rostros. Pueden detectar lo que hacemos desde poca distancia. Decidimos hablar poco, lo necesario.

Los cuatro Z-pots nos esperan cerca. Apuramos la marcha hasta que somos escoltados por ellos. Uno se adelanta, otro nos sigue más atrás; a cada lado marchan también.

En la frontera nos identificamos con los sensores ópticos y digitales. Por suerte no necesitamos documentación alguna; alcanza con nuestros pulgares y una mirada a través de un lente. Todo marcha bien hasta que un detector activa una sirena. Una voz anónima y metálica sale de algún lado:

—Peligro de contaminación sanitaria. Deben dejar las sustancias orgánicas en los cestos de basura ubicados junto a ustedes.

Los Z-pots nos apuntan con sus caras planas, sin sudor ni respiración. Con pena tomo un bocado de pan. Liam prueba una manzana.

—No puedo dejar toda esta comida —afirmo—. Es necesaria, escasa. Ha sido un regalo.

—¡Advertencia! —pronuncia la voz metálica—. Quedan cincuenta segundos para la activación del protocolo de seguridad zonal.

—¡De prisa! —exclamo—. Todo lo que podemos hacer es usar el tiempo que nos queda para probar aquello que nos falta, que aún no hemos siquiera tocado.

Aprovechamos cada segundo para probar las frutas, panes y quesos que Ardia dispuso; un pequeño bocado de cada uno y nada más. Por última vez sentimos el aroma de una manzana, la textura de un pan fresco, la suavidad de un queso.

—Es una pena dejar toda esta comida en la basura —dice Liam—, pero nos están obligando.

—Me da mucha tristeza... no tires la soga de Fabien, quién sabe... es un regalo.

—¡Advertencia! Por favor acaten el protocolo —vuelve a decir la voz.

Los Z-pots se preparan para algo. Todas las cámaras de seguridad se orientan hacia nosotros.

—Llévala si quieres —dice Liam al pasármela—. Yo tomaré las publicaciones que he encontrado en el establo.

Pocos segundos antes de cumplirse nuestro tiempo, pasamos la frontera.

16

Ingresamos a la Zona 4 rumbo a casa. Se cumplieron noventa y nueve horas que quizá algún día influyan en nuestro destino; tiempo en el cual sufrimos y gozamos, en el que aprendimos e ignoramos. Fueron horas de sueños y pesadillas.

En la ciudad el avance es lento; apenas podemos continuar a pie. Carecemos de dispositivos o crédito alguno para abordar vehículos. Regresa el calor en la tarde, no hay viento ni reparo alguno. Todo luce como si no hubiese llovido: seco y polvoriento; sin embargo, se ven estructuras rotas y vehículos abollados en diversos lugares. Notamos que el granizo ha hecho estragos en la ciudad; la sequía no ha menguado. Pero esa no es nuestra principal preocupación; vuelve así el peso de los temas por resolver: el destino de nuestros amigos y la situación sanitaria actual.

Estamos cansados, el día se termina, pero decidimos pasar por las viviendas de Londy, Rein, Jeremy, Eva y Vanessa. Estamos inquietos por saber si han regresado. Porque si no están, si no han llegado, es bastante probable que algo malo les haya ocurrido. Hace varias semanas que no tenemos noticias suyas. No se piensa en esas cosas hasta que le ocurren a uno o a alguien cercano.

Los buscamos casa por casa.

Muchas estructuras y edificaciones han sido afectadas por el temporal de viento y granizo. Aquí y allá aparecen hileras de Droves de uso particular afectados por piedras de hielo.

Con cada paso que damos el panorama no mejora y las noticias no son las esperadas. Nos confirman en cada vivienda que Londy, Rein, Jeremy, Eva y Vanessa no han vuelto.

Vivimos tiempos de crisis: nuestros padres duermen, están internados en Katheudo, y los amigos se han ido, han desaparecido. Solo queda Inge.

17

Amanece. Prefiero levantarme y revisar mejor la casa. Ayer, al llegar, no tuvimos tiempo ni ganas de hacerlo.

Nuestra vivienda, catalogada con la numeración catastral Z4-LM3.22-DHH, se ve menos afectada que otras de la cuadra. El viento parece haber acumulado más residuos en el fondo de la casa. Briza, nuestra perrita, se comportó muy bien durante nuestra corta ausencia; solo necesita un poco de atención y agua del condensador. Por suerte este noble invento de papá se encuentra lleno; será un buen día, podremos lavarnos mejor y beber un poco más.

Ayer, al regresar, transitamos una extensa parte de la ciudad, una franja central de la Zona 4 que comprende varios distritos. La situación se presentó caótica e inesperada; la gente se veía preocupada y triste. Notamos muchas estructuras dañadas; instalaciones y vehículos permanecen aún afectados.

He pasado noventa nueve horas y una noche sin usar servicios ni entornos. Casi me olvido que existen. Estuve limpio. Encuentro mi dispositivo entre las cosas de nuestra mascota, en la cocina; allí ha quedado, casi escondido, antes de salir de viaje. En las noticias mencionan que un evento natural e inédito, denominado REVIS8.7, se inició primero con altas temperaturas, viento continuo y seco; luego prosiguió una fuerte tormenta precedida de descargas eléctricas, sin lluvia, que ocasionó innumerables incendios. Estas condiciones, junto con la vegetación reseca, hicieron que el fuego se volviera incontrolable. Por último, el fenómeno concluyó con lluvias torrenciales en ciertas zonas, mientras que en otras se transformó en hielo. Mencionan que todavía falta recopilar información de algunos distritos; sin embargo, anticipan que menos de la mitad de las zonas habitadas se vieron afectadas.

«Un tercio de los campos y bosques se quemaron», citan en los informativos.

18

Liam se despierta antes del mediodía.

—Hermanito, estuve pensando... —Presiento que va a pedirme algo—. Necesito revisar algunas cosas. También quisiera mantenerme actualizado. Es muy importante que analice mi cartera de activos para ver cómo marchan nuestras inversiones. ¿Podrías prestarme un rato tu dispositivo? El mío lo he perdido hace unos días, durante el viaje.

—Bueno, pero ¿por qué no llamas primero a Inge? Y, ¿a qué te refieres con «nuestras» inversiones?

—Estoy muy ocupado. Luego la llamaré. Por otro lado, en algún momento, cuando tenga tiempo, te explicaré lo que estoy haciendo. No lo comprenderías ahora.

—Noto que la mayoría de los «iniciados» en Kakoo, el servicio financiero que usas, no saben explicar bien lo que hacen. ¿Apuestan o invierten? ¿Entiendes bien lo que haces? Recuerda que usas el dinero de papá y mamá. Ellos siguen internados en el instituto Katheudo.

—Tranquilo —dice Liam al tomar mi dispositivo—. Más tarde te lo regresaré. Tus accesos, ¿siguen siendo los mismos?

—Creo que sí, aunque estoy harto de los accesos, claves y demás cuestiones.

—Si no utilizas las opciones biométricas, debes cambiar tus permisos con cierta frecuencia, es importante que lo hagas para evitar problemas de seguridad. Te pueden estafar o robar los datos si no eres cuidadoso.

—A veces pienso que sería mejor no utilizar nada, al menos por un tiempo, como cuando estuvimos en la finca de Ardia. La exigencia, la demanda, es mayor si tienes un dispositivo; aparecen entonces todos esos servicios o entornos para consumir tiempo y energía. Además, si no tengo con quien comunicarme, si los amigos reales ya no están, ¿de qué me sirve? Solo nos queda una amiga, Inge; aunque, también están el doctor Maller, nuestro psiquiatra, y su amigo, el escritor William Steve Leving, pero ellos están ocupados en sus cosas.

—No te pongas así. Es necesario mantenerse informado. ¿Qué harías si no?

El humo regresa a nuestra zona, afecta a varios distritos. Poco ha durado el cielo despejado y el suelo húmedo. El sol se enciende y vuelve a quemar. El tiempo fresco ha terminado, el calor intenso regresa sin piedad. Las tareas de mantenimiento y reparación causadas por el fenómeno natural resultan lentas y tediosas. La sequía y los hechos climáticos han sido de tal magnitud y duración que se esperan nuevos anuncios en el transcurso de los próximos días. Desde la implementación del Nuevo Calendario Universal no hay registros de un período tan extenso sin lluvias. Se forman tormentas despiadadas, sin agua suficiente, con ráfagas, granizo y descargas eléctricas.

El viento ya no refresca ni alivia, se ha vuelto un aliado de las llamas, sopla siempre como encendido y seco; se lleva el agua de los lagos y ríos; queda sal donde antes había manantiales; donde antes fluía ese singular líquido llamado agua, quedan rocas, arena, suelo partido, corazones sedientos, almas desesperadas.

Los nuevos incendios, la disminución de los bosques y praderas afectan la calidad del aire que respiramos en cada zona. El ambiente se encuentra viciado de un olor picante que produce molestias y tos. Los cortes de luz ocurren seguido, los horarios en los comedores gubernamentales son variables dependiendo de la disponibilidad de raciones y del suministro energético en cada distrito.

La solución más reciente ha sido la creación de un nuevo servicio, Merimna; informa la disponibilidad de raciones por comedor según el perfil de cada usuario. Resulta cada vez más difícil hacer algo sin una de esas herramientas que hacen la vida más sencilla.

—Hermanito, tu dispositivo ya no tiene más capacidad —dice Liam al regresar—. No es posible incluir más servicios en él. Necesitarás cambiarlo. Ya he pedido la reposición del mío. Si quieres puedo solicitar otro más para ti.

—Pero todavía funciona. Déjalo así por ahora. Hay tantos servicios como arena en el mar.

—Comenzaré otro curso sobre *Dolioofinanzas*. Necesito un dispositivo nuevo para incluir más servicios, para poder utilizar la última versión de Kakoo. Al haber cada vez más usuarios y transacciones, las cadenas de datos se hacen más extensas y seguras; más gente las opera y valida, pero eso requiere nuevos recursos, más memoria, más velocidad, más inteligencia.

—Ajá. Más gente… más inteligencia artificial…

—Puedes quedártelo —dice al dejarlo sobre la mesa.

Llega un mensaje.

—Dejame ver. ¡Es Inge! —afirmo contento—. Está respondiendo al saludo que le envié hoy temprano. Tiene mucho trabajo, pero dice que pronto se hará un tiempo para atendernos.

—Y, ¿por qué tanta alegría por ella? ¿Desde cuándo le escribes?

—Bueno, es una amiga. Es tu…

—Será mejor que no te metas en nuestro asunto.

—Bueno, es que…

—Nada. Ya déjalo así —dice Liam en voz baja al retirarse.

—¡Espera!

—¿Qué quieres? —se escucha desde el pasillo.

—¡Creo que deberían hablar, juntarse un poco más! Hace tiempo que no lo hacen —digo en voz alta.

Vuelve el silencio por un rato.

Las prioridades van cambiando. Las necesidades aumentan, se apilan a la espera de algún momento oportuno. Hay un anhelo profundo que surge en ocasiones, difícil de completar o suplir. Una búsqueda que se orienta de diversas maneras. Liam e Inge se han vuelto especialistas en evitar el amor. Él busca la gloria por medio de diversas cosas: últimos servicios, nuevas formas de invertir, relaciones virtuales, artefactos y dispositivos; sus ídolos están siempre encendidos, les rinde culto a toda hora y en todo momento. La lista es extensa, cambia seguido, porque siempre hay algo innovador, reciente, en lo cual poner toda la atención y dejar en ello el corazón para concentrarse en lo propio. Temo por Liam; vuelven el orgullo y la locura. Ella busca otra gloria, esa que viene si se gana algo, si se llega a una meta, si el esfuerzo propio ha sido largo y suficiente. Ella, mi querida amiga, a pesar de ser cada día un poco «más práctica», parece cada vez más exigente, menos alegre. Lucha cada día por mantener algún tipo de equilibrio entre un profundo anhelo y las demandas que se impone, que acepta. Un caso imposible que temo fortalezca el miedo y conduzca a la desesperanza.

Algún tipo de luz parece apagarse en ellos, un poco menos de humanidad se percibe con el correr del tiempo. Y yo también busco ese anhelo, también a veces me apago. Recuerdo algunas frases de Oxy-Moron, la dupla formada por Oxy Gont y Bill Moron.

Para mí, siempre algo nuevo;
Aunque anhelo en el fondo un poco más
de lo mismo,
tan solo con otra forma.
Para otros, lo de siempre;
por favor, con esfuerzo y sin cambiar nada.
Así estaremos tranquilos.

19

Ardia sostiene que el ambiente, todo cuanto inunda ese espacio que habitamos, se ha visto alterado; o peor aún, que se ha revelado de sus propósitos conocidos. Incluso lo que se sabía sobre la naturaleza ha cambiado. Nuevas fuerzas, inexplicables en muchos casos, han afectado las bondades naturales a las que estábamos acostumbrados en la Tierra. A pesar de todo, esa nueva madre que vi nacer espera que las cosas cambien, que mejoren las circunstancias en algún momento. Porque ella vive en esperanza; desde que despierta amanece con una fe que resulta inexplicable; paciente y bondadosa pasa el día, y por la noche piensa en los frutos que comerán otros, porque ofrece desde el comienzo lo que es mejor. Se puede decir que casi no vive para sí, sino para otros.

Ardia es como un eco que trae nuevos sonidos de lejos, distinto de sí. Expresa una melodía, un canto especial en su voz; lleva un anhelo en el corazón. Parece en realidad no hablar de sus cosas, sino de algo próximo que conoce muy bien, de palabras que ha escuchado primero de alguien más, de cuadros que ha visto alguna vez. En ocasiones se percibe como si viniese de un medio o lugar más rico, menos pobre que el actual; vive inspirada por el cielo cuando aplica su intuición, su ley. Persiste en las dificultades, rebrota luego de un tiempo, da flores y panes nuevos a todo el que la conoce. Extraña gloria es la que posee, cuanto más da, más se gasta y renueva, más hermosa resulta ella; casi perfecto resulta su arte. En las noches oscuras, en los momentos en que escasea la bondad, refleja una luz tenue pero permanente, difícil de evitar, de la que cuesta escapar. Quisiera tenerla ahora por madre para que me traiga nuevas melodías; no pretendería empezar con explicaciones, sino con un canto; escuchar su voz otra vez con notas que broten de su ser natural. No preciso saber más nada, preferiría volver a sentir esa brisa salvaje, ese timbre inconfundible, único, que regresa para animar un momento sencillo de aire, sol y agua con leyendas elegidas, con cantos escasos. Un instante con ella, aunque sea en íntimo sufrimiento, genera virtudes incalculables tanto por lo que trae como por lo que soporta y se lleva. Su idioma es milagroso todavía, lleno de misterios revela un paisaje de palabras que parece mejor, más conveniente para transitar. Mantiene un compromiso por un nacimiento olvidado; se mueve en su medio; anima la vida porque se involucra en ella. Sin temor elige un día para abrazar alguna virtud. En ocasiones habla con intensidad, esperanzada; busca con pasión propósitos tan simples como los de plantar verbos, dar nombres bellos a las semillas o arrancar malezas del alma.

20

Termino de arreglar la casa con dificultad; el temporal y Briza no dejaron lugar ordenado ni limpio. Liam reaparece, sale de su cuarto justo cuando finalizo mis tareas domésticas.

—Parece que han oído nuestras quejas —dice él.

—No sé de qué hablas.

—Muchos tuvimos que soportar el mal funcionamiento del servicio educativo Acreioo, por eso hemos presentado nuestros descargos. Además, fue un éxito la campaña «Todos somos Acreioo». Recién anunciaron nuevas medidas.

—¿Qué harán?

—A partir de mañana será opcional la educación. No será más obligatoria. Podremos estudiar cuando queramos o tengamos tiempo.

—O sea… nunca.

—Es increíble lo que uno puede hacer al revelarse de manera virtual.

—Aja.

—Es muy importante que sigamos elevando quejas por medio de los distintos servicios disponibles. La gente está muy descontenta por la falta de alimento y la racionalización del agua. No paran de presentar descargos y de hacer comentarios en las redes.

—Claro, sobre todo enviando mensajitos aquí y allá desde sus sillones.

—Es una herramienta con la cual contamos y debemos aprovecharla al máximo. Otra nueva medida reciente ha sido la liberación de restricciones para adquirir y consumir ciertas sustancias antes prohibidas. Ya no se necesitan prescripciones ni buscar en tugurios. ¡Todo lo bueno ahora es oficial, es legal!

—¿Te sientes bien? ¿Qué te está pasando?

—Mira, Luca —ahora me llama por mi nombre—, he resuelto dedicarme a lo mío de lleno: seré un experto en negocios, en inversiones dentro de Kakoo, el mejor servicio financiero de todos los tiempos. Las medidas que están tomando, sumado a la baja del mercado, generan nuevas oportunidades; los activos se están poniendo baratos. Me ha ido bien con mis decisiones a pesar de todo lo ocurrido. «Mi capital» se redujo solo un diez por ciento. El mercado y otros usuarios han perdido mucho más. Quiere decir que «mis adquisiciones» se han balanceado de modo conveniente, que he sabido armar una cartera de inversiones, que las ecuaciones y predicciones que utilizo en mis modelos son acertadas. Ahora seguiré perfeccionándome, iré por más. Soy un buen analista, se ve por los resultados.

—Liam, discúlpame, sé poco de finanzas, toco de oído, pero ¿no sería mejor retirarse ahora y recuperar casi todos los ahorros de papá y mamá? No sé, emprendamos algo chico que podamos gestionar nosotros e ir mejorando, de a poco. Podríamos ayudar a producir algo junto a Fabien, con Ardia, en su finca. ¡Sería genial, un pedazo de tierra para hacer algo!

—Olvídate, *entrepreneur*. Eso ya no va más, es muy tedioso comenzar desde cero un emprendimiento, la tasa de fracasos, según las estadísticas, es muy alta para ese tipo de propuestas, por eso son muy riesgosas. Los grandes negocios son los que cuentan hoy en día. Busco las nuevas tendencias y un rebote en el mercado para que mis inversiones se enciendan otra vez.

—¡Uf, ya empiezas!

—Todo saldrá bien.

—Por otro lado, Inge nos invitó al instituto. ¿Vendrás? —pregunto.

—No creo que pueda. Sigo muy ocupado con mi análisis.

—Como quieras; «mucho análisis es parálisis» se ha dicho alguna vez. Además, parece que ha tenido otro ascenso. Tal vez quiera compartir con nosotros ese logro. Los amigos no están, sus padres no despiertan, siguen internados en Katheudo, al igual que los nuestros.

—Esos trabajos no son para nosotros. Son una farsa, un espejismo. Iré cuando pueda.

—Pero ¿la amas?

Liam se retira a su habitación.

21

Debo ir solo hasta el Distrito Principal para ver a Inge y, quizá, visitar por un momento a mis padres; aunque, no sé si haré a tiempo. Será mejor que salga pronto antes de que se haga demasiado tarde.

Recorro el circuito que solíamos hacer con Liam. No sé, pero ahora parece más extenso, un poco más aburrido y desolador que antes. El horizonte gris, los daños dejados por el temporal, mi caminata solitaria, todo configura un paisaje urbano casi desconocido, inesperado, bastante corroído podría decirse. Veo personas en los edificios reparando roturas, otros arreglando vehículos. Me entrometo por unos instantes en las habitaciones cercanas, son ventanas con reflejos sin rostros, todos tapados; soledades encendidas, miradas diáfanas buscando respuestas, ocultos en destellos temporales y sin luz propia. Quién sabe, afligidos, preocupados; uno junto al otro, pero a miles de kilómetros corazón de corazón; perdidos y a pasos de un amor. Qué tragedia —se me ocurre—, si alguien pudiese despertarnos, unir nuestras almas de alguna manera, al menos por un instante para que probemos juntos un nuevo perfume o escuchemos una bella canción, para que se rompa ese conjuro que comenzó tiempo atrás; aunque no pido tanto, tan solo que se detenga lo que dura un beso, un abrazo, un principio de amor.

En el parque del Complejo Hybris hay indicios de los daños ocasionados por el granizo y el temporal. No se ven los habituales arbustos ni el césped cubriendo el suelo. Parece como si los encargados de mantenimiento estuvieran retirando restos de vegetales; algunas ramas caídas y hojas son apiladas en un extremo, muchas bolsas aparecen por doquier.

Todavía hay bastante personal en el complejo. Debo esperar los ascensores hasta que alguno se descongestione.

Me resulta extraño estar aquí solo, sin Liam, para encontrarme con Inge. No sé si he venido por inquietud, aburrimiento, compromiso o amistad. No me refiero a ella, sino más bien a la situación particular que me toca esta tarde. Si mal no recuerdo, la última vez que estuve a solas con ella fue cuando asistí a una clase de arte en su casa, hace unos cuatro o cinco años, al menos, cuando era mi profesora especial de arte y ciencias. Inge también formaba parte del programa educativo que habían preparado mis padres.

Se abren las puertas, la voz metálica y monótona anuncia el arribo al instituto Katheudo. Esta vez sí sufrí la llegada hasta el piso trescientos cinco, sin lugar a dudas el complejo está ahora mucho más concurrido que antes. La gente jóven circula por los pisos y las cintas. Se ve que hay movimiento, aunque silencioso, cuidado y sobre todo: controlado. Inge aparece en lo que parece ser el nuevo hall del Centro de Bioinformática.

—¡Luca, qué gusto verte! —dice al abrazarme; muchos la miran, no es algo habitual—. Ven por aquí, no te pierdas, hemos hecho algunos cambios en los últimos tiempos. Tengo tanto que contarles... ¿Vienes solo?

—Bueno, sí. Mi hermano está... muy ocupado.

—Te contacté porque no sé si Liam está recibiendo mis mensajes. Supongo que debe tener los mismos números y coordenadas. Salvo que haya cambiado de servicio.

—Creo que sí, que ha cambiado... Llegamos hace poco de la finca de Ardia, pero antes tuvimos un incidente, no pudo comunicarse.

—Entiendo, no te preocupes. De todos modos, creo que... Luego hablaremos de tu hermano. Puedes pasar y sentarte donde prefieras —dice al mostrarme un amplio despacho muy parecido, por la ubicación que recuerdo, al de la desaparecida doctora Carol Filliani, aunque con otro decorado.

Me siento en un amplio sofá. Es tentador descansar aquí, dan ganas de quedarse a vivir en él, tan amplio y mullido parece. Ella debe tener un buen sueldo para tener acceso a estos recursos.

—Algunas cosas han cambiado para bien —afirma Inge al traer una bandeja con agua y algunas galletas, casi un lujo hoy en día—. Quería contarles, o al menos compartir con los amigos, que hace poco se me presentó la oportunidad de completar proyectos que habían quedado inconclusos en esta institución. Fueron varios días de trabajo duro con algunos desvelos para poder cumplir con los tiempos y los requerimientos establecidos. Después de mucho esfuerzo se vieron los resultados. Fue entonces cuando las autoridades me propusieron un nuevo cargo, el que tenía en su momento Carol, mi mentora.

—O sea que... ahora tú ocupas su lugar —digo sorprendido por sus recientes avances profesionales—. Entonces, este despacho es ahora el tuyo. ¡Guau!

—¡Así es! —exclama con una mirada inquieta—. No fue fácil, casi no lo logro, tuve que realizar varios proyectos simultáneos, sabiendo que estaba a prueba desde el comienzo. Me costó superar algunas situaciones de «manejo de personal», dado que dejaron a mi cargo unidades con funcionarios activos. Tengo una nómina extensa que debo administrar a diario. A pesar de que estas nuevas responsabilidades me quitan tiempo para las tareas de investigación e innovación, no me quejo. Aprovecho por las noches para seguir trabajando. En las madrugadas me hago un espacio para estudiar, luego de hacer ejercicio para mantenerme en forma.

—Veo que estás muy ocupada —digo al contemplarla, sin poder evitarlo. Mi profesora de arte se ha vuelto una diosa perfecta, inalcanzable.

—Es tiempo de esforzarse, de priorizar los resultados. Es una oportunidad para mi carrera profesional. En estos puestos jerárquicos siempre hay que resolver problemas.

—Pero, Inge, ¿cuál es tu secreto?

—Verás, Luca. He descubierto que no se trata tanto de saber, sino más bien de aguantar, de soportar las presiones que vienen de distintos lados; de no ceder a lo que viene de abajo, de sostener las demandas de arriba mientras se contienen las necesi-

dades que vienen de ambos lados. Es todo un desafío mantener el equilibrio; he aprendido a manejar
estas situaciones, por eso me han recompensado.
No encuentran gente con mi perfil porque…

Suena un aviso reiteradas veces. Ella hace una
pausa. Responde algunos mensajes y continua.

—Te decía, otra cosa que aprendí es a priorizar.
Ahora estoy focalizada en los resultados prácticos,
inmediatos, podría decirse. Suspendí las clases que
estaba dando y otras que estaba tomando, dejé por
algún tiempo algunas lecturas que había comenzado, también preferí postergar las técnicas que estaba desarrollando en mi taller de arte. No es que me
haya apartado de todo eso, sino más bien que lo he
puesto en reposo para poder volver cuando pueda,
cuando tenga más tiempo. Como verás, estoy cum-
pliendo un sueño y debo aprovechar esta oportunidad única que tengo. Muchos quisieran estar en mis
zapatos, pero no pueden; no tienen las capacidades
necesarias para este puesto o no han aprovechado
oportunidades.

—Es sorprendente, Inge, todo lo que has logrado.
—No es que pretenda adularla, sino que ella hoy se
ve maravillosa; por momentos parece una deidad
que se digna a hablar conmigo.

Alguien ingresa, una asistente parece, deja un ca-
rrito con alimentos y bebidas; otro lujo en nuestros
días.

—Luca, sírvete lo que quieras —dice con amabi-
lidad ensayada.

—Gracias, esto es para disfrutar —digo al tomar
un hermoso sándwich—. ¿No vas a probar nada?
Todo se ve delicioso.

—No, no. Me cuesta comer en el trabajo. No puedo.

—Es una lástima, es una pena que Liam, Vanessa y los chicos no puedan estar aquí...

De pronto ella se aparta unos metros. Quedamos en silencio. Algo dije, algo traje al presente sin querer. Creo que metí la pata; quizá olvidé que las diosas no comen.

—Te iba a preguntar por ellos.

—¿Te refieres a Liam?

—Ahora no tengo tiempo para hablar de él —afirma con una mirada seria—. Me refiero a si sabes algo de Eva, mi amiga, o de Vanessa y los chicos, Jeremy, Rein, Londy.

—La verdad es que no tuvimos más noticias de ellos desde que salieron de la Zona 4. Partieron rumbo a la finca de Ardia y Fabien, pero nunca llegaron a destino, eso lo confirmamos nosotros una vez que estuvimos allí.

—Otro caso más... Pero hay que seguir, la vida continua. Verás, Luca, estuve muy preocupada por ellos, por mi amiga Eva y todo lo demás, pero llegó un momento en el que los malos pensamientos me impedía focalizarme, hacer cosas, terminar tareas. Opté por olvidarme de la situación, eso me ayudó mucho. Puse en práctica una de *Las Cincuenta Reglas de Oro* que plateó Diamond Leiter, CEO de Hybris Group y nuestro líder en Katheudo.

No sé qué responder.

—A propósito, en minutos tendremos una presentación institucional. Puedes venir si quieres —sugiere Inge mientras ordena su escritorio.

Preferiría ver a mis padres, pero el horario de visitas en el Centro de Salud y Bienestar de Katheudo está por concluir. Se me ocurre que podría matar el tiempo en ese evento. Esta es una de esas tardes en las que parecen sobrar los minutos y todo resulta novedoso, extraño. Me veo a mí mismo en situaciones no habituales, como dentro de una bola transparente haciendo algún tipo de experiencia nueva; por el momento no tengo en claro si es riesgosa o inocua. ¿Seré yo? ¿Será Inge, estar solo con ella, sin Liam? ¿Será mi hermano, sin ella, o yo sin él? En fin, este experimento espero concluya al llegar la noche.

—Si quieres, te acompaño —digo sin muchas más opciones.

—De acuerdo, te gestionaré una autorización para que vengas conmigo como invitado del instituto.

22

Al llegar, el acceso es ordenado y todo parece preparado a la perfección, quizá aún mejor que la primera vez que asistimos al Centro de Convenciones; no hay tumultos ni bullicio. Los invitados permanecen en silencio. Sobran algunos asientos libres en cada fila. El lugar luce menos festivo que en otras ocasiones, el ambiente se percibe más institucional y serio.

La presentación comienza con la participación del principal colaborador del presidente. Esta vez no contrataron a Bacilla Void, la famosa actriz del último metaverso. Hay poca luz.

—¡Buenas tardes! —expresa Charles Xenos, colaborador de segunda línea, al ser enfocado por unas luces tenues. No hay estridencias ni aplausos. Parece una velada algo solemne—. Muchas gracias por haber venido. Será una ocasión especial en la cual tendremos la oportunidad de informarnos respecto a las medidas adoptadas por la Asamblea General de Zonas y, por supuesto, conocer los nuevos proyectos de investigación y desarrollo.

Un video da comienzo al evento en lo que parece ser un resumen de temas de agenda de la institución. Diversas estadísticas y gráficos muestran las tendencias en cuanto a raciones diarias de alimentos para la población y la correlación con el agotamiento de algunos recursos esenciales; aparece una medida de agua potable y luego pocos espacios habitables, surge una ciudad que no tiene fin, sin árboles ni vegetación alguna. Se presentan imágenes de un laboratorio de producción, allí los alimentos lucen perfectos. Luego se muestra una pareja con un pequeño, parecen satisfechos, saciados podría decirse. Viven en una instalación sofisticada, con algún tipo de tecnología reciente que no he visto antes; surge un paisaje árido, muy distinto al de nuestras zonas. El niño mira hacia el exterior con una expresión alegre.

Quedamos a oscuras.

—Así será nuestro futuro —irrumpe una voz conocida, aunque todavía no vemos de quién se trata—. No falta demasiado. Hoy comienza un hecho que hará posible un mejor porvenir; tendremos respuestas, explicaciones. Un mañana claro y previsible nos espera.

Se escuchan pasos. Una luz casi imperceptible comienza a brillar sobre el escenario.

—Primero comenzaremos por los temas que más preocupan a la sociedad —dice la voz, la sombra que parece familiar—. Primero daremos todas las respuestas ante los hechos que se presentan, aclararemos las recientes medidas adoptadas por la Asamblea General de Zonas. Por último, presentaremos el proyecto Mäximoon. Cada uno de ustedes tendrá una oportunidad única e histórica. Ya lo verán.

La voz sin rostro hace una pausa. Se distingue solo la figura del señor Xenos nuevamente.

—Sigamos adelante, Charles. —Ahora se aprecia como un amanecer más claro sobre el escenario—. ¿Cuáles son las dudas, las preguntas que nos han enviado?

—Señor Leiter, vamos a empezar por las medidas educativas. Varios padres y profesores presentan algunas dudas respecto a la nueva normativa que exime de la obligatoriedad para matricularse en todos los niveles educativos. En esencia nos plantean que no tienen con quien dejar a sus hijos de entre tres y treinta años mientras ellos trabajan. Agradecen también por este espacio de consultas.

—Bien, la educación es un tema central de esta gestión; sin embargo, no podemos coartar la libertad de los usuarios. Cada uno debe poder elegir. No podemos obligarlos a formarse ni es justo mantener vagos toda la vida. —Se escuchan algunas risas; Inge también lo hace—. Tampoco es posible seguir con una nómina de profesores extensa para brindar contenidos diversos, para explicar todas las ciencias y todas las artes; eso resulta una pérdida de tiempo y de recursos sin sentido. Disponemos de servicios como Acreioo preparados con los mejores recursos en materia de inteligencia artificial y gestión de datos.

»El conocimiento, las noticias en realidad, evolucionan de tal manera que no es necesario volver a explicar viejos conceptos. Lo último informado debe seguir siendo lo importante, es sobre lo cual basamos nuestras decisiones y vivimos. Lo he repetido una y mil veces, debemos ser prácticos, inmediatos. En esta época es necesario simplificar, priorizar lo elemental y útil. Por otro lado, hemos detectado un sin fin de usuarios que han abusado de las becas de estudio, muchos se matricularon solo para recibir subsidios o raciones estudiantiles gratis; por eso, ahora se están implementado una serie de requisitos para hacer más eficiente nuestro sistema educativo. De todos modos, no se preocupen, esos requerimientos son voluntarios.

—Muy bien —continua Xenos con lo que parece ser una entrevista transmitida a todas las zonas—. Otra pregunta se vincula con la eliminación de restricciones para el consumo y adquisición de sustancias que antes estuvieron prohibidas. Una joven de la Zona 4 pregunta si esto es verdad; afirma que, de ser así, por fin habríamos tomado medidas sensatas.

—Agradezco al usuario, o «usuaria», que ha enviado esa consulta, por su sinceridad. Sí, es verdad todo lo que decimos —responde Leiter con modestia—. Tenemos una cantidad abrumadora de datos inteligentes que respaldan nuestras decisiones. Las sociedades cambian. Nuevas necesidades surgen con cada generación, lo que antes era malo luego vemos que no lo es; descubrimos así, por ejemplo, que algo resulta tranquilizador e incluso que se pone de moda, que es aceptado y consumido por la mayoría.

»No queremos más clientes frustrados, no pretendemos seguir gastando fortunas en unidades de prevención, investigación y persecución buscando a quienes fabrican, comercializan o consumen sustancias. Sabemos que hay usuarios que no la están pasando bien. Cuanto más controlas, más poder le das a alguien, más fomentas su actividad. Ahora apelamos a la responsabilidad, preferimos liberar el mercado para que se autorregule, e incluso para que surjan nuevas oportunidades de trabajo. El gobierno priorizará su rol de gestor y regulador para evitar eventuales monopolios o, llegado el caso, desabastecimientos. No queremos más informalidad, nos gustan las cosas claras y que los usuarios estén tranquilos, que se sientan libres.

—De acuerdo, señor Leiter. Otro aspecto que inquieta a nuestros jóvenes es la obligatoriedad para realizar el censo poblacional y aplicarse el código sanitario. Tenemos varias consultas que apuntan a saber si esta tecnología producirá en el futuro disfunción sexual o algún tipo de dimorfismo.

—Verás, mi querido Charles. Sobran evidencias con respecto a la escasez de recursos, conocemos las plagas y pandemias frecuentes, sabemos de los problemas climáticos que nos aquejan, descubrimos hechos astronómicos sin precedentes. Hemos hablado en varias oportunidades de ello en otros encuentros. Estas medidas son necesarias para mejorar nuestra calidad de vida y reducir los riesgos ambientales. Hemos testeado todos nuestros desarrollos; las probabilidades de efectos adversos son bajísimas, casi insignificantes. Por el contrario, los beneficios son muchísimos, hacen sombra sobre cualquier eventualidad.

—Es muy clara su explicación, señor presidente. Para ir concluyendo, ¿podría contarnos algo sobre el nuevo proyecto Mäximoon?

—Bien, a eso quería llegar. No veía el momento de poder hablarles de ello, para que entiendan cómo todo adquiere sentido. Las medidas anunciadas generarán un gran ahorro para el Tesoro General de Zonas; de esta manera podremos focalizar recursos para el proyecto de proyectos, para dar al fin con la solución al déficit habitacional, a la escasez de alimentos y a los problemas sanitarios. Nos olvidaremos de estos impedimentos transitorios, dejaremos atrás, muy lejos, aquello que nos impide progresar como especie.

»Hemos logrado muchos avances en los últimos tiempos; en materia de transporte y movilidad, disponemos de nuevos Droves y Z-pots; los inconvenientes sanitarios están siendo controlados con las innovaciones provistas por los genocodex; la crisis alimentaria es resuelta con nuevas raciones encapsuladas obtenidas a partir del proyecto Enocos. Todas estas mejoras generarán más certidumbre para cada uno de los usuarios. Son reales todas y cada una de estas soluciones. Nuestra prioridad es prolongar la existencia y lograr la satisfacción de los clientes. Para terminar, les mostraremos algunos avances del proyecto Mäximoon.

Surgen entonces imágenes que parecen una continuación de lo visto al principio de la presentación. La escena del niño que mira hacia el exterior con una expresión alegre se repite, pero ahora se incluye una especie de vuelo externo sobre instalaciones sofisticadas, rodeadas de un paisaje desconocido, o mejor dicho, poco frecuentado.

—Esto que estamos viendo forma parte de la última solución que hemos pensado: vivir y residir en la Luna con todas nuestras invenciones. No habrá más problemas de espacio, olvídense de la escasez de alimentos, de las plagas; ahora tendremos todo analizado y controlado con precisión desde el comienzo. Se ha cumplido el tiempo de nuestro resurgir. Nuestra especie logró progresar con los cambios; primero moviéndose de tribu en tribu; luego de región a región; por último, alcanzó los continentes y zonas más inhóspitas del planeta gracias a la tecnología. Todo fue bueno hasta que nos vimos limitados, sin poder movernos hacia nuevos lugares. ¿Están de acuerdo?

—Sí —dice Charles, eufórico, acompañado por varios funcionarios.

—Me alegra, es un privilegio, anunciarles que eso va a cambiar, que podremos seguir avanzando y mejorando nuestra existencia. Continuaremos perfeccionando todo cuanto toquemos; donde pongamos un pie será un lugar consagrado; dejaremos nuestra impronta en cada nuevo sitio que descubramos. Sin lugar a dudas creo que debemos aprender de nuestros descuidos del pasado; pequeños desvíos del objetivo. Pero, lo más importante es que un nuevo comienzo nos espera. Nuestro destino no es definitivo, es dinámico, sin raíces ni ataduras; por eso, necesitamos cruzar los límites para cambiar las cosas y buscar siempre proyectos mayores que puedan suplir ese anhelo que todos llevamos dentro.

Leiter hace una breve pausa; camina sin prisa algunos pasos y prosigue:

—Les anuncio que, desde hoy, cada uno de ustedes podrá enrolarse en el proyecto Mäximoon para formar parte de esta nueva colonización. Tendrán buena paga; una nueva vida los espera, sin los problemas de aquí abajo. Será una oportunidad para liberar espacio en la Tierra y cumplir nuestros sueños con total libertad. Los cupos son limitados; cuanto antes se inscriban, mejor será para ustedes. Debo irme, pero espero verlos pronto. ¡El cielo es el límite!

Vuelve la oscuridad. Miles de aplausos llenan el lugar. No sé quién bate las palmas, no veo ni escucho a Inge.

23

Hace casi un mes que regresamos de la finca de Ardia. Desde entonces ha sido un tiempo poco productivo; trato de mantener mi voluntad para no claudicar en Acreioo, nuestro servicio de formación ahora actualizado. Pero lo que más me cuesta es ser paciente ante las actitudes de Liam.

Tantos años de estudio oficial y no sé… siento que no he aprendido nada útil… siento que al principio fue entretenido, pero luego…

Los comedores del distrito permanecen cerrados varios días de la semana; no hay suficientes raciones. En contadas ocasiones se activa alguna vacante por medio del servicio Merimna. De todos modos, sabemos que no hay disponibilidad de bienes reales. Los lugares de aprovisionamiento como BagFood suelen clausurarse por falta de insumos esenciales; PaperToil sigue sin poder abastecer de papel higiénico al mundo y BlackHolePower no logra regularizar el suministro energético en varios distritos; sin embargo, han crecido los usuarios de Mok Mok y Twistar. La gente prioriza aprender (a editar videos) y conocer sobre huracanes.

24

Mi hermano se interna en su pieza para terminar un nuevo curso y así obtener no sé bien qué nuevo certificado o poder especial, se trata de algo así como un pasaporte de inversiones en *Dolioofinanzas*, supone que así podrá viajar o moverse de inversión en inversión cuando él quisiera, sin impedimentos. Escucho que viene hacia la cocina.

—¡No aguanto este dolor! El bruxismo me está matando —dice desde el pasillo. No utiliza su placa de descanso porque le da pereza—. Siento como si me hubiesen pateado la cara, toda la cabeza.

Abre las alacenas. Busca algo en los cajones.

—Tengo hambre. Luca, ¿hay algo para almorzar?

—Solo queda el alimento de Briza. Fueron las últimas compras que pude hacer antes del cierre de BagFood. Pedí cien bolsas. Era el único artículo disponible. ¿Quieres un poco? —le extiendo la mano con algunos trocitos en mi palma—. Es mejor que nada.

—¡Ni loco! Es injusto. Me he dedicado de lleno a mi formación, al futuro, y ahora no hay qué comer. No me merezco esto.

—¿Cómo te ha ido? —pregunto al saborear las raciones de nuestra mascota.

—¿El curso? Muy bien, me he graduado, tengo el certificado virtual y nuevos permisos para ingresar a un nivel superior de inversiones.

—Me refiero a lo nuestro, a los ahorros de papá y mamá. ¿Cómo va eso?

—Ah, sí. Dentro de todo, a pesar de la situación actual, pude mantener el portafolio a flote. Voy a invertir en nuevos activos respaldados por pólizas de seguros ambientales. Según las proyecciones que tengo, basadas en la suscripción al software que utilizo, podría no solo recuperar el veinticinco por ciento de lo que «hemos perdido» en el mercado, sino también obtener una ganancia adicional del treinta por ciento al invertir en contratos *knockout* vinculados a seguros ambientales.

—Pero... sigues perdiendo dinero en Kakoo —afirmo—. Peor aún, sigues metido en temas complicados, como son los seguros, las pólizas, los siniestros ambientales. Esto último no parece muy previsible ni bueno. Insisto en que podríamos emplear el setenta y cinco por ciento de los ahorros familiares que nos quedan en hacer algo nosotros.

—Ya te he demostrado que no es tiempo de emprender. Es riesgoso iniciar un negocio a nivel local. Se necesita mucho tiempo y recursos para lo que propones; no disponemos de ellos. Recién hoy obtuve la idoneidad interzonal para poder acceder a mejores inversiones; por eso, las cosas fueron un poco lentas antes de graduarme; no tenía todas las credenciales para operar. Ahora sí estoy preparado para dar el gran salto. Me faltaban herramientas.

—Te propongo que al menos separemos una parte de los ahorros para arreglar y vender las bicicle-

tas que tenemos en casa, están todas rotas y aban-
donadas. O mejor aún, podríamos montar un taller
de reparaciones. Eso sí es algo muy necesario hoy
en día. Por lo menos para empezar. ¿Qué te parece?
Eres muy bueno con las herramientas. Yo estaría
encantado en poder ayudarte. Además, ¿para qué
quieres invertir tanto en esas cosas? ¿Qué quieres
demostrar metiéndote en asuntos que no conoces
bien?

—Primero, te voy a explicar «mi visión». No quiero ser pobre toda la vida. Para eso me dedico a ana-
lizar activos, a encontrar tendencias. He descubierto lo que sirve; presiento lo que se viene; vislumbro
las necesidades y oportunidades del futuro. Segundo, quiero recuperar lo nuestro; tener lo que nunca
tuvimos; obtener lo que nos merecemos.

—Pero ¿qué quieres recuperar? ¿Qué buscas
comprar? —pregunto preocupado.

—Con mayores ganancias podría comprar raciones a cualquier precio, ¿por qué no? También me
gustaría cambiar de casa, adquirir o rentar un Drove. Haría que las cosas vuelvan a la normalidad. Podría brindarles un mejor tratamiento a nuestros padres. La gente volvería a interesarse en nosotros...
nos valoraría.

—Algunas de las cosas que pides no tienen precio o no están a la venta. Nuestros padres reciben
el mejor tratamiento disponible. Además, ¿de quién
buscas valoración? ¿De Inge? La has dejado ir. Ella
ahora tiene casi todo. En realidad, a veces pienso en
una especie de competencia entre ustedes. Comen-
zaste una rivalidad sin sentido. Buscas su atención
de manera estúpida.

Por un momento Liam se queda sin responder. Parece pensar y reflexionar. Tengo esperanzas, quizá pronto entre en razón.

—Necesito descansar un rato —dice él.

—Como quieras. Iré a Katheudo. ¿Por qué no vienes conmigo? Veré a Inge, hace tiempo que no te comunicas con ella. Es una de las pocas personas que todavía podemos visitar y pasar un buen rato juntos.

—Prefiero tirarme un rato. Estoy agotado. Luego hablaremos.

25

La zona se presenta abandonada, cerrada. Hay gente hurgando aquí y allá en busca de raciones, de algún residuo masticable. A medida que me acerco al predio de Katheudo veo más y más gente deambulando. Nunca antes había visto algo así. Llama la atención la cantidad de personas en situación precaria; débiles, en una búsqueda pesada y difícil. Es posible volverse como uno de ellos. En cualquier momento mi suerte podría cambiar; temo acostumbrarme a la desesperación.

Varios sujetos comienzan a reunirse en la intersección de la próxima avenida. Prefiero caminar lento. El grupo crece con cada paso que doy. Al principio son unos diez a quince miembros que no se detienen. Avanzan en una fila desordenada y creciente requisando a toda persona en condición de tener algo. Buscan cualquier cosa de valor con el propósito de intercambiar raciones; es probable que se abastezcan en el mercado negro, el único ámbito que existe hoy en día con oferta de víveres y bienes reales, ese extraño circuito donde todavía persiste el trueque como última instancia de subsistencia, tanto para la gente de bien como para rufianes. Los sujetos se aglutinan. Hay forcejeos y gritos de mujeres. Les extraen todo como pirañas. No alcanzo a distinguir bien; la tarde se vuelve oscura, sin lluvia.

«¡Estos vándalos son capaces de sacarme los ojos y hasta el último trocito de Briza que llevo en los bolsillos! —pienso asustado—. Están desesperados. Podrían estar bajo el efecto de la locura. Son cada vez más. Será mejor que no pase por allí».

Mientras considero tomar otro camino el crepúsculo se desata. Cada uno de los desconocidos se coloca capuchas grises. Deben ser ya unos veinte. Detienen su marcha, su desfile aterrador, en busca de alguna nueva víctima. Miran en derredor. Uno de ellos me observa, me señala justo antes de cambiar el rumbo. No puedo siquiera pedir ayuda con mi dispositivo. El miedo me paraliza, es aliado de los que vienen hacia mí. La calle desolada presenta en el fondo, a unos quinientos metros, un acceso o puerta con personas y algunos Droves de control. La idea de llegar hasta ese lugar de la calle profunda me motiva a correr con todas mis fuerzas.

De pronto, veo de reojo que comienzan una especie de ritual: hacen un *Shuffle Dance* con sus armas y cuerpos.

—¡KA-MATA-RA-TA! —terminan gritando en un *haka* aterrador y lunático.

—¡No lo perdamos! —se escucha que dice uno.

—¡Vamos por él! —grita otro.

—Será mejor que nos apresuremos antes de que se nos escape esa rata inmunda —pronuncia otra voz ronca—. ¡Algo debe tener!

—Todavía falta mucho para saciarnos —gritan varios.

La ola de voces y broncas tapadas rompe detrás de mí. Pueden alcanzarme en cualquier momento. Me cuesta pensar. Apenas logro respirar y soltar mis pies.

No puedo llegar hasta el fondo de la calle, faltan unas cuatro cuadras y siento el aliento de los desesperados a mis espaldas. Decido girar a la izquierda en la primera calle que encuentro para al menos despistarlos por unos segundos.

«Tal vez encuentre ayuda si voy por allí —pienso asustado—. No tengo más opciones».

Apenas recorro los primeros metros me llevo una desagradable sorpresa... decenas de perros callejeros, salvajes todos, vienen hacia mí. No comprendo, ¿qué ocurre con las unidades sanitarias?; no controlan la seguridad en las calles ni evitan la proliferación de plagas y animales. Algo está fallando. Pero no es tiempo de quejas, sería inútil. Debo hacer algo pronto; las bestias me persiguen, las fieras vienen a mi encuentro.

Primero se acerca un perro, de los grandes, podría ser el alfa de la manada. Me muestra sus colmillos. El resto espera su orden, son cientos podría decirse, no alcanzo a contarlos.

Detrás, los hombres sin rostro comienzan a llegar.

Me entrego a la situación, ya no puedo correr, tampoco tengo fuerzas para pelear. Estoy rodeado. Pero percibo esa extraña sensación que a veces vuelve, la de no estar solo incluso en la soledad.

El perro alfa dirige su hocico hacia uno de mis bolsillos; los tengo llenos de trocitos de Briza (es mi alimento también). Se me ocurre algo.

—Alfa, Colmillos. —Es lo primero que hago, hablarle de alguna manera, llamarlo así, como si fuera Briza—. Tengo algo para ti, para tus amigos también —digo al sacar un trocito.

Colmillos me pide otra porción más. Creo entenderlo, conozco el idioma de esta especie. Parece que tengo su aprobación, mira de reojo al resto de los suyos. Les comunica algo.

La concurrida manada me rodea. Con temor muestro más trocitos, uno a uno los reparto como puedo. Se inquietan, golpean sus colas entre sí. Espero que me alcance para todos...

—¡Allí está la rata que buscamos! ¡Les dije que tenía raciones! —grita el de voz ronca—. ¡Vamos por él!

—¡Rata! ¡Rata! ¡Rata! —rugen todos al acercarse.

De pronto Alfa comienza a emitir un aullido intermitente; muestra sus colmillos hacia el grupo de caras blancas, todas aterradoras, iguales, sin figuras propias; son máscaras que no escuchan.

—¡Ah! Ahora se junta con los perros —dice el de voz ronca al llegar—. Pelearemos por lo nuestro.

Alfa se lanza sobre él. El ronco saca un cuchillo. El resto de los tapados avanza hacia mí.

Pero la manada crece en número y se lanza sobre los de mi especie; perros y bestias humanas entran en desesperación brutal.

Algunas caras blancas se ven salpicadas con sangre, las fauces de muchos animales también. Todo resulta confuso entre forcejeos, gritos y gemidos agudos.

—¡Será mejor que busquemos nuevas ratas! —dice otro líder que recién llega sin prisa, con una voz que me resulta familiar—. Ya no tiene más raciones... y estos perros estúpidos están furiosos. No tengo ganas de perder el tiempo con ellos. Debemos irnos.

Los vándalos escapan; buscan nuevas víctimas. Los escucho mientras desaparecen. Colmillos se acerca, le cuesta caminar, una de sus patas está herida. Se detiene y me mira fijo, sin moverse. Emite un ladrido hondo hacia mí, como obligándome a seguir. Ya no tengo más trocitos enteros, pero en el fondo de un bolsillo todavía me queda algo de polvo mezclado con pequeños restos del alimento de Briza. Le entrego hasta las últimas migajas; agradezco, al menos así, por su bondad salvaje.

Corro sin mirar atrás.

26

Llego por fin al Distrito Principal. No sé cómo volveré, pero decido seguir adelante para encontrarme con Inge. Estoy exhausto. Me vi forzado a tomar otro camino y nada me parece familiar. El Complejo Hybris surge ante mí como una montaña imponente y repentina. Allí todavía se encuentra Katheudo con sus instituciones sanitarias y tecnológicas. Un viento molesto trae polvo y ráfagas destempladas. Busco el acceso habitual, pero noto que ha sido modificado.

Me lleva casi una hora llegar hasta el acceso principal. Es la primera vez que me ocurre semejante pérdida de tiempo. No sé si será el horario o las nuevas disposiciones, pero recuerdo haber visto otras entradas habilitadas hace unas semanas. Ahora es necesario rodear todo el complejo para hallar un único ingreso. Las personas se movilizan en un mismo sentido, una detrás de la otra.

Es un poco más tarde de lo habitual; sin embargo, todavía hay personal en las instalaciones. Todos son muy jóvenes, no veo adultos. La mayoría luce como adolescentes.

«Deben ser los nuevos funcionarios —supongo—. Parece que el instituto y otras dependencias importantes están siendo operadas por pasantes».

Apresuro mi marcha por las cintas transportadoras para llegar al centro donde trabaja Inge.

Me anuncio en el Centro de Bioinformática que depende de Katheudo. Una chica bonita me acompaña hasta el despacho principal.

A cierta distancia noto que una mujer mayor se encuentra de espaldas, apoyada sobre el escritorio de mi amiga mientras habla. Tengo dudas, no logro reconocerla bien.

—Luca, querido, esperame en el sillón —dice Inge en la misma posición—. Ya estoy contigo.

Me extraña su silueta, es la voz de Inge, pero sin curvas, o peor aún, ¡ha perdido su «forma de diosa»! Y su pelo... ¿Qué se hizo en el pelo?, ¿gris?, ¿blanco? Parece dañado. ¿Qué ocurre aquí? Habla sin pausa, discute con alguien situado en una esquina que se esconde de mi vista, del otro lado de la oficina.

Estoy desalineado, tengo aureolas de transpiración por la corrida. Huelo a alimento balanceado con mezcla de carne caliente. La chica, la niña, me mira.

—Ake, por favor llévale algo a Luca mientras me espera —dice Inge todavía de espaldas.

Bebo con desesperación toda el agua que puedo, un vaso tras otro.

«¡Qué placer este sillón blando; agua en abundancia!» —pienso mientras trago sin pausa el preciado líquido.

Inge se acerca. Me atraganto al verla. Me ahogo.

—¿Estás bien? —pregunta ella al darme palmaditas en la espalda.

No paro de toser. Sus golpes son débiles, sin fuerza alguna, apenas si me ayudan.

—Perdón, Inge —digo al levantar un brazo. Me pica la garganta. Tengo tos intermitente, lágrimas de ahogo en mis ojos—. Me atraganté con el agua —alcanzo a decirle.

—Llegaste tarde, ¿te pasó algo?

—Tuve un problema, una situación con... —La tos vuelve sin pausa.

—Luca, quedate tranquilo, ya regreso. Ake, quédate con él para ver si necesita algo más, por favor.

Salvo por la voz, no parece Inge quien está en el despacho. Luce muy flaca, más flaca de lo habitual, y de más edad. Parece una joven anciana. Ella no tiene problemas de suministros, dispone de todo a voluntad hasta saciarse. Es una funcionaria privilegiada, una ejecutiva exitosa que con tan solo hacer una solicitud alguien aparecería con su pedido sin importar lo escaso o costoso que resulte. No creo tenga problemas en abastecerse de raciones. Debe ser otra cosa. Me cuesta comprender: ¿cómo es posible semejante cambio en un mes de vida?; ¿cómo ha hecho para «crecer» tanto?

27

Ake, la asistente de Inge, sigue de pie a poca distancia.

—¿Eres nueva aquí? —le pregunto a la niña. Ya no tengo tos, pero comienzo a inquietarme.

—Sí. Apliqué a la beca Enocos del instituto Katheudo. Soy pasante, colaboradora de la «doctora» Inge Williams.

—Ajá. ¿Doctora?

—Bueno, no sé. Cuando ingresé, muchos la llamaban doctora. De todos modos, estoy muy contenta, emocionada. Hago todo lo posible por alcanzar los objetivos de la institución. Es increíble todo lo que podemos hacer por medio de los nuevos proyectos. Hay mucho por delante. Además, quisiera investigar las causas de varias enfermedades comunes. Me inquieta, necesito saber, por qué mis padres no despiertan. Sufren esa extraña afección que tanto daño está causando en nuestra sociedad, sobre todo en la gente mayor.

—¿Qué? ¿Tus padres también...? —pregunto asombrado.

—Sí. Nunca pensé que me pasaría a mí. Fue hace dos meses. Me levanté una mañana y los encontré tendidos junto a su cama sin poder despertar. Así empezó todo. Desde entonces permanecen internados en el Centro de Salud y Bienestar del instituto Katheudo.

—Lo lamento.

—Gracias. De todos modos, lo he superado. Procuro no pensar demasiado en ellos. Estoy aprendiendo a ser práctica, un poquito más cada día; sigo *Las Cincuenta Reglas de Oro*. Cuando digo que me interesaría investigar la causa de esa enfermedad, no quiere decir necesariamente que busque el retorno de papá y mamá a «mi casa». Ya me independicé. Es más, en caso de que despierten, necesitarán otro lugar donde vivir. Por supuesto que los quiero, pero no hay que volver atrás. Respecto a la búsqueda de soluciones, por ejemplo, a la cura de esa afección, lo que más me interesa es el desafío, la motivación de ser la primera en encontrar las respuestas, en hacer que lo imposible resulte posible.

—Tienes un don, parece —digo para sondear el «perfil» de los nuevos funcionarios.

—Bueno. Gracias. Te soy sincera, me encantaría vivir en un despacho como el de Inge. Ella es mi ídola, es mi mentora, quisiera ser ahora mismo como ella. Es mi objetivo. Quisiera tener lo que ella tiene.

—¿Han tomado muchos otros funcionarios como tú?

—Oh, sí. Somos toda una camada de sangre nueva que está aprendiendo muy rápido, acelerando el cambio generacional. Gracias a nuestra formación constante disponemos de nuevas herramientas para dar forma a nuestra vida y forjar una sociedad mejor, más informada, inteligente y muy conectada.

Un Z-pot pequeño se acerca. Parece uno de esos diseños que cumplen el rol de mascota y además hacen de nexo o interfaz entre varios dispositivos y entornos. Viene del otro lado de la oficina, donde Inge se encuentra hablando con alguien.

—¡Mira qué lindo, me busca a mí! —dice Ake al señalar a la pequeña mascota.

—¿Es tuyo? —pregunto.

—No, es de la doctora Williams. El jefe de Seguridad Institucional, la persona con la cual está conversando en este momento, se lo regaló. Él la visita seguido; no sé bien si es por motivos laborales o porque hay algo entre ellos. Lo que ocurre es que ella ha tenido algunos episodios, digamos de estrés; iba a decir locura, pero no, no es eso. Creo que antes lo llamaban *burnout* o quemado, pero ahora lo llaman *Síndrome Exaporeo*. Ha estado muy sola en este último tiempo, un poco agotada, por momentos algo triste, por eso le han traído este presente. Estas mascotas fueron diseñadas para brindar compañía y asistencia.

—Es verdad, algo le ocurre. La noto cambiada desde la última vez que la vi. Pero ¿cómo sabes que se siente así? —pregunto mientras veo la silueta de Inge encorvada cerca del escritorio.

—Verás, yo soy su asistente y confidente. Poco a poco estoy absorbiendo más de su vida, conociéndola en todo lo que hace.

La niña continúa hablando. Inge también lo hace, aunque sigo sin poder seguir su conversación; ella hace algunos ademanes señalando hacia el piso.

28

Inge se reincorpora, ordena varias veces su escritorio. Parece inquieta, como si su anfitrión no tuviera prisa en retirarse. Ella se sienta, ya no habla, comienza a operar una serie de sistemas. Entonces aparece él... Rot Neider, examigo de Liam, pretendiente de Inge años atrás, jefe de Seguridad Institucional.

—¡Miren a quién tenemos aquí! —exclama Rot al verme—. Es el «hermanito» Green; ¡qué sorpresa!, ¿verdad? —Su voz me resulta familiar otra vez, me recuerda a la de uno de los vándalos de hoy—. ¿Cómo has llegado hasta aquí? ¿Te han revisado al ingresar?

Inge se levanta y se acerca hasta nosotros.

—Luca tiene mi permiso. Rot, averigua eso que te pedí, por favor, lo antes posible —ordena ella—. Necesitamos esa información sobre los internados.

Rot se retira. Ake nos deja solos.

Inge permanece trabajando en su escritorio. Sigo en el sillón mullido junto a la mascota Z-pot que se encuentra apagada a la espera de alguna orden o señal de estímulo. Aprovecho el tiempo para consumir agua y algunas de las galletas que trajo Ake. Hasta el momento es lo único positivo que he sacado del día. Me inquieta Inge, su pérdida de peso, la postura caída que mantiene; parece más petisa, como si llevara algo pesado. El rostro le ha cambiado. Su pelo no brilla. Ya no luce fresca, atractiva, ni inquieta. En una mirada suya descubro ojeras grises rodeadas de arrugas nuevas. Me asusta el tono de su piel pálida. Parece consumida; Liam diría que es una pila de huesos que lucha por mantenerse viva.

—Luca, he terminado lo urgente del día. Se nos fue la tarde y apenas empiezo a trabajar —dice Inge mientras se rasca la nuca y el cuello—. ¡Esta alergia me está volviendo más loca que los nuevos funcionarios!

—¿Estás bien, Inge? Te noto... distinta. No entiendo, además Rot, ¿aquí?

—Bueno, verás, es una larga historia que ha ocurrido en poco tiempo. —Toma una galleta dulce y la devora con prisa—. Han cambiado muchas cosas —dice mientras mastica con descuido—. Es difícil, pero lo estoy logrando. Cada semana se suman más pasantes, la nómina se incrementa, los proyectos crecen. Las presiones aumentan, pero estoy cerca de alcanzar el equilibrio. En primer lugar, tuve que hacerme cargo de todo yo sola; entendí eso de «si no lo haces tú mismo, no hay quien lo haga bien». Me di cuenta, además, de que estaba muy gorda y muy joven, parecía que no me respetaban en mi nuevo cargo. Entonces tuve la idea de atacar el problema de raíz.

—¿Qué has hecho? —pregunto intrigado.

—Primero me propusieron tomar gente más joven. Así lo hice. Ahora dispongo de toda una camada de mentes vírgenes, sin mañas ni ideas deformadas; son el semillero y el engranaje de la institución.

Ya no tengo que lidiar con gente traumada, mayor que yo o de mi misma edad; en algunas áreas, como en seguridad, queda gente como Rot, pero son cada vez menos. A propósito, no pensé que resultaría tan comprensivo en ciertos aspectos institucionales y «personales». Él y su gente están haciendo un buen trabajo; es necesario un poco de orden, de control. La falta de insumos y raciones, los problemas climáticos, hacen que la gente se salga de sus cabales. Alguien tiene que hacer el trabajo sucio en la sociedad y en nuestra institución. Yo no podría hacer las cosas que él hace. Admiro su determinación.

—No comprendo bien. ¿Qué tiene que ver eso con tu aspecto actual? Te ves… distinta.

—La otra decisión que tomé fue la de cambiar o, mejor dicho, la de seguir transformándome. Algo tenía que hacer con mi cuerpo. No podían seguir viéndome como «uno de ellos». Tuve que marcar distancia; trazar una línea entre mi rol y el de «otros», de manera clara y evidente, tanto en forma física como intelectual. Yo ordenando, ellos ejecutando. Eso nunca sería posible si seguían viéndome amigable, como a una bella presa sin carácter. Por eso, prioricé la inteligencia. La disyuntiva era simple: mantenerme joven y atractiva, o bien inteligente y temible. Necesitaba lograr esto último sin mucha demora.

—¿Qué has hecho?

—Continué con mi plan. Fue entonces cuando consulté por los Tratamientos de Crecimiento Acelerado, una nueva técnica para verse más adulto, depende de la tecnología que se emplee y del presupuesto disponible. Luego de solicitar algunos préstamos, me sometí a tratamientos semanales, y hasta diarios, en el Centro de Salud y Bienestar. Consiste en la supresión de hormonas, la estimulación nerviosa para priorizar el desarrollo mental y la aplicación diaria de reguladores, aceleradores del crecimiento a nivel biológico. Además, pasé por cinco cirugías para reducir caderas y pechos. Por último, busqué cambiar mi cabello a un *look* formal, más parecido al de una verdadera doctora.

Ella se sacó lo mejor de sí. Habla convencida, quizá persuadida. Me cuesta aceptarlo: su mirada, su sonrisa, su naturalidad es lo más bello que ha perdido. Todos sus movimientos parecen medidos, no me sigue con sus ojos, giran de aquí para allá, perdidos hacia arriba y abajo. De pronto ella se retira hacia lo que parece ser su baño privado.

Tarda un rato.

29

Al regresar, Inge luce más pálida; ojos irritados. Parece como si hubiera vomitado; no huele bien.

—¿Qué te pasa, Inge? ¿Por qué no llamas a un doctor? —pregunto al ponerme de pie.

—Estoy bien. Ya me he acostumbrado. A veces me cae mal la comida. Por suerte no engordo, debo mantener mi figura actual. Mi cambio físico y las nuevas políticas de reclutamiento son todo un éxito: tengo autoridad, me respetan... me temen... Además, no necesito ningún doctor, yo soy «la doctora»...

—No entiendo. ¿Pero si eras una estudiante hasta hace poco?

—Luca, vuelve a sentarte. Te contaré otro de mis logros —dice al tomar otra galleta dulce—. Me recibí de doctora. Las nuevas medidas educativas han incorporado varias mejoras, como la posibilidad de adelantar hasta el noventa por ciento de las materias en forma virtual; además, cambiaron los requerimientos en cuanto a la tesis científica de graduación, ahora se requiere una monografía o ensayo breve. Eso sí, nada de ficciones, solo tecnología pura, aplicada, concreta y resumida. Estuve varias semanas inmersa en diversos entornos; así logré completar todos los cursos. Tuve que dejar de una vez por todas las «cuestiones artísticas», para concentrarme en lo urgente. Esto me permitió hacer foco en cosas nuevas, como el tema de graduación. Presenté un trabajo titulado: *Cómo las nuevas tecnologías nos han salvado en tiempos de crisis*. Al principio me costó, pero luego todo fluyó de manera muy natural, creo que tengo una nueva vocación. Mi nota final fue «Superador». Espérame un segundo, ya regreso —dice con una mano sobre su pecho.

Otra vez se encierra en el baño.

Pruebo las galletas para ver si tienen algo malo. Pero nada, están geniales y me caen bárbaro.

30

Vuelve otra vez con ese olor tan particular y su figura sin luz ni forma. Esta vez parece aún más encorvada, como si llevase un peso enorme e invisible sobre sus hombros.

—Me siento cansada, algo mareada —balbucea al reclinarse sobre el sillón mullido que tengo frente a mí—. Me tiraré un rato.

—¿Quieres que me vaya? —pregunto preocupado.

—No. Quiero que te quedes —dice al sacarse su calzado de ejecutiva.

Permanecemos un breve lapso en silencio. Es muy extraño lo que le está ocurriendo a Inge. Su figura, sus comentarios, su crecimiento, o mejor dicho, envejecimiento prematuro... La presencia de Rot es otra de las cosas que me inquietan. No quisiera ser inoportuno ni entrometido, pero necesito saber qué le ocurre al amor de Liam, por qué ha cambiado tanto.

—Inge, no te veo bien. —Tomo valor para ir al grano, no puedo irme sin tener algunas respuestas—. Te conozco desde que organizabas las clases de arte, yo era un pequeño y desde entonces nunca te vi así, tan... alterada. No quiero juzgar tus decisiones, pero me preocupas, temo que te enfermes, que pierdas aún más. ¿Qué te ocurre?

De pronto ella hace un gesto de queja, un chasquido con su boca, una mirada de búsqueda.

La mascota Z-pot se activa y comienza a realizar algunas piruetas frente a Inge.

—¡Oh, mi lindo DG! Él sí sabe cómo me siento, reconoce quién soy. Verás, Luca, a veces siento que no todos valoran mi esfuerzo ni reconocen todo lo que he dejado por una causa, por cumplir un mandato. Es difícil lograr la perfección, ha sido mi objetivo desde que comencé a estudiar. Pero ¿sabes qué?, ya no espero nada de nadie. Los nuevos pasantes, que se las arreglen solos, que aprendan rápido o los descartaremos; ¡hay tantos! Y los directivos... critican mi gestión; que se las aguanten, yo me los aguanto a ellos. Además, no van a encontrar un líder con mi perfil, con mi formación y cualidades.

Percibo la necesidad de ir al fondo del meollo. No sé si me han afectado las incontables sesiones con Helmut Maller, nuestro psiquiatra familiar, o si la influencia que tuvo Ardia en mí generó una nueva perspectiva de las cosas.

—Inge, mi querida profesora, ¿disfrutas de tu trabajo o al menos procuras ofrecer algo bueno antes de que se termine el día? Parece como si tuvieras que cumplir un listado o *checklist* interminable cada jornada.

Ella cierra por un instante sus ojos mientras el pequeño Z-pot hace piruetas.

—Luca, siempre te he querido, también a tu... mejor no hablemos de Liam. No sé, hace tiempo que vengo realizando una serie de actividades con la esperanza de suplir un anhelo especial. Pero ¿sabes qué?, ahora que lo mencionas, parece que me he alejado de esa necesidad profunda. Pensé que a más actividades, jerarquía y control las cosas mejorarían; sin embargo, es todo un hoyo que nunca se llena.

—Eres muy inteligente, pero es como si no vieras ninguna belleza en lo que haces. No eras así, parece que te cuesta disfrutar, vivir. Creo que renunciaste a ti misma.

—Todo lo pasado ha sido un espejismo para mí. Cuando era joven tenía una pasión distinta, más inocente. Ahora soy una mujer madura, he crecido. Renuncié a las ilusiones de artista. No espero escribir historias ni pintar cuadros, nadie los valoraría, no pagarían siquiera un Dolioo por mis producciones.

—Cuénteme, ¿por qué piensas eso?

—¡Luca!, ¡te pareces a mi psiquiatra! —Por primera vez dibuja una leve sonrisa—. Deberías dedicarte a ello, ganarías fortunas hoy en día con la demanda que hay. Pondré «música» mientras hablamos, necesito relajarme un poco. —La mascota activa el sistema de audio de la oficina con una introducción *chill out*. Esto ya parece un consultorio.

—Quiero ayudarte, me preocupas, en serio. Además, no tengo alternativas, o te soporto a ti o a mi hermano. Me da igual, aquí o allá en casa, la situación es similar.

—De acuerdo. —Noto otra sonrisa discreta en sus labios—. Dejé las clases de arte porque temía no poder vivir siempre de ello. De alguna manera también mis padres influyeron para que tomase otro camino «más práctico y rentable».

—Y, ¿cómo haces para vivir sin escribir o dibujar? Yo no puedo dejar de escribir, como tampoco puedo dejar de tomar agua o de ir al baño. Si se me pasa tan solo un día sin hacer algunas líneas, siento que me seco, que mi humor cambia, que mis energías disminuyen. Necesito escribir para que lo agradable, simple o luminoso vuelva a mi vida.

—Al principio me ocurrió algo así, pero aprendí a reprimir los viejos sentimientos, esos anhelos que dices. No podía convivir con todo a la vez. Estoy un poco desencantada de lo que hago, pero al menos soy alguien.

—Inge, ¿a qué le temes en realidad?

—No le temo a nada de lo que conozco, de lo que tengo bajo control. Aunque... me inquieta un sueño, una pesadilla que tuve. Hace pocos días desperté exaltada, con las imágenes de ese sueño vivas en mi mente; sentía mucho calor. No podía olvidarlas con el correr de las horas ni de los días. En el sueño, las primeras impresiones que tuve me parecieron apacibles, tranquilas. Me sentía como una niña. Estaba en un parque bastante grande, dibujando y mostrando mis creaciones a otros niños. La sensación era plácida, reconfortante. Luego vino un señor y propuso un concurso con un premio especial para el dibujo más bello. Entonces todos comenzamos a competir para lograr la mejor producción. La situación parecía muy motivadora, pero luego regresó el hombre junto a una mujer; eligieron el dibujo de otra niña, rompieron el resto. Todos los niños se fueron, pero yo me quedé inmóvil, casi paralizada de la cabeza a los pies. La situación me causó mucha tristeza. La pareja me sugirió hacer otra cosa para estar mejor y ser feliz. Me tomaron de la mano para llevarme hasta un lugar distante.

Inge hace una pausa breve y mira a la distancia.

—Cuando ingresé a ese sitio, noté que había otras personas. Allí todos éramos adultos, deambulábamos dentro de un gran depósito con las manos atadas, sin poder escribir o dibujar cosa alguna, tan solo podíamos hablar; en realidad, la mayoría daba órdenes a los demás; todos se quejaban sin pausa. Eran escenas oscuras e incongruentes. De pronto me puse a llorar, hacía mucho calor, me faltaba el aire y sentía una presión honda en el pecho. Creo era miedo y soledad sin pausa lo que sentía. Hasta que por fin desperté.

Inge se levanta; termina el relato de su sueño con los ojos húmedos. El pequeño Z-pot ya no tiene actividad alguna. Ella camina por el despacho, busca sin descanso algo en los cajones y estanterías. Saca todo lo que puede de su escritorio.

—¡Maldición, necesito un lápiz, una hoja!

Encuentra un vaso, lo rompe. Levanta un trozo afilado. Comienza a dibujar figuras y textos sobre la pared blanca de su despacho.

Está haciendo un mural.

Cierta vez escuché una música; tres melodías.
La primera resultó bella, pero preferí buscar la
siguiente;
una me llegó prestada, mas no pude cantarla con
el corazón;
la última se apagó con el humo y el viento.
Tres veces la escuché, pero nunca la canté.

31

Me voy de Katheudo. Muchos funcionarios se han ido, aunque no todos; siempre queda alguien en vigilia. Es muy probable que Inge permanezca todavía junto a su mascota observando la pared, el mural que se atrevió a crear. No logré convencerla para volver a su casa ni para hacer cualquier otra cosa. Esa nueva *afección exaporea* podría perjudicar su carrera. Espero que eso no le ocasione problemas en el trabajo; las autoridades serían capaces de sancionarlas por semejante composición.

Un Drove especial con la identificación sanitaria REVAP1315 sale de la plataforma del complejo, es uno de esos «gigantes inteligentes», como los llaman; es extraño verlo en servicio a estas horas. Algo debe haber ocurrido.

En la planta baja, luego de pasar el acceso de seguridad, el personal de limpieza intenta ganarle algún tipo de batalla al viento mugriento y seco que trae polvillo de hojas muertas hacia el interior. Al salir me doy cuenta de que debo regresar a casa en una noche espantosa, sin tormenta ni descargas, pero espantosa, destemplada y sucia. Siento un quebranto abrumador por Inge. Regresa ese olor enfermizo que había al salir ella del baño. Me contagié una especie de ahogo o anhelo incumplido, algún tipo de miedo profundo, una pena desgarradora, como si alguien querido se hubiese extraviado en un bosque o en alta mar. Me llegan ráfagas de preocupación, siento que la he perdido. Por un instante decido regresar a su despacho. Vuelvo sobre mis pasos algunos metros, pero me doy cuenta de que sería inútil, no podría ingresar fuera del horario habitual; además... ¿Qué podría hacer?

Debo tener cuidado al volver a casa, hay mucha gente desesperada. Los Droves públicos están fuera de servicio y los particulares no pueden ingresar a todos los distritos ante la posibilidad de sufrir algún daño; temen que les arrojen algo durante el traslado, que les roben al descender, o peor aún, que los secuestren y pidan algún rescate con pago en especie. Los ocasionales Droves sanitarios, por su gran tamaño, y los de seguridad, los Black Droves con armamentos y herramientas de persuasión, pueden circular sin impedimentos. De todos modos, solo el personal especializado o los funcionarios de alto rango pueden hacer uso de ellos para movilizarse, no están habilitados para uso civil.

32

A medianoche, con total discreción y cuidado, logro llegar a casa. Estoy agotado; la corrida, la situación con Inge y la tensión durante el regreso me dejaron exhausto. Quisiera tan solo beber un poco de agua del condensador y luego acostarme. Ha sido un día eterno. Sin embargo, siento un peso que debería compartir con alguien, al menos con Liam.

El cuarto de mi hermano continúa a media luz. Habla solo. No sé cómo contarle algunas de las situaciones por las que atravesé. Los vándalos que casi me atrapan; el encuentro y redención de los perros salvajes; y cuánto ha cambiado Inge, como piensa ahora, sus extrañas compulsiones, su probable enfermedad, el peligro que corre al dejar de ser quién era. Pero Liam, mi hermano, temo no se encuentre en situación de escuchar y asimilar lo ocurrido. Está muy débil, no come cosa alguna, no se nutre de nada bueno. Me preocupo también por él.

—Hola, Liam. ¿Cómo van las cosas? —pregunto mientras lo veo tendido con varias proyecciones encendidas, de esas que muestran diversas noticias y gráficos que parecen vivos, rojos de novedad y resultados. Sin embargo, no presta atención; utiliza unas gafas adheridas a una especie de casco o gorra anatómica.

—Has llegado —dice desapacible—. No sé ni qué hora es. Debe ser tarde, supongo. Me duele todo el cuerpo, apenas si puedo pararme.

—¿Qué te pasa?

—No lo sé. Siento una molestia todo el tiempo; desde el cuello hasta la mandíbula siento un dolor pesado, entumecido. Me cuesta moverme y descansar.

—Hace semanas que no sales de tu pieza, no has comido nada. Mañana iré a intercambiar bienes, llevaré el alimento para mascotas para ver qué consigo. Tengo bastante en *stock*. Te traeré algo de comer y algunos analgésicos. Si persisten esos dolores tendrás que ver a algún doctor o al menos a Helmut para tratar la situación.

—No hace falta. Estaré mejor. ¿Cómo te fue en Katheudo? ¿Viste a... alguien? —pregunta con discreción. No sé si logra verme con esas gafas.

Dudo en contarle todo. Por momentos, mientras él se sienta en la cama, me da la impresión de que luce muy delgado, con ojeras, desalineado; el suéter le queda grande, muy suelto; viste con pantalones fruncidos; su espalda encorvada lleva una carga de ilusiones que no alcanzo a comprender, supongo que él sabrá cuánto le pesa.

—La vi a Inge —alcanzo a decir.

—Y... ¿tienes alguna novedad? —pregunta con temor.

Trato de pensar. Por momentos siento que me caigo de cansancio.

—¿Novedad? Novedad es algo muy abarcativo. Si te refieres a la situación en las calles, habrás leído en los medios que todo es un caos, hay pandillas y situaciones peligrosas por todos lados. —Prefiero no contarle sobre las patotas y los perros—. En Katheudo, y te diría que incluso en todo el complejo, hay adolescentes, niños también, a cargo de muchos proyectos.

—Me lo veía venir —comenta Liam sin decir mucho más, como esperando algo más de mi parte.

—Pero pude reunirme con Inge. Tiene una nueva asistente, Ake; me recuerda a nuestra amiga cuando comenzó su carrera. Pero eso no fue lo más importante. Me pasaron dos cosas extrañas, locas. La primera es que apareció de manera imprevista Rot.

—Te refieres a, ¿Rot Neider?

—Sí, me sorprendió su presencia en el despacho de Inge.

—Sabía que podría ocurrir. Era uno de mis temores. Ese maldito siempre cae parado.

—Pero ¿por qué no volviste con Inge? ¿Por qué la dejaste ir?

—Ella se fue primero.

—¿Qué quieres decir? ¿La has visto?

—No pude.

—Es difícil comprender lo que les sucede a ustedes dos. Los noto distintos, distantes, como perdidos. No quiero meterme en su vida, pero no la vi bien a Inge esta tarde —alcanzo a decir.

—¿Le pasa algo? Tiene un buen cargo y varios beneficios, según entiendo.

—Tendrías que visitarla —sugiero—. Lo antes posible. Así nos ahorraríamos cualquier mal entendido.

Me cuesta imaginar la actitud de cada uno al verse, al distinguirse entre la multitud, ante la posibilidad de ver desnudas sus almas; sería lo mejor, pero me temo que eso no sucederá pronto, han crecido, se han formado, se han adoctrinado en orgullo y necedad.

—Me iré a dormir, pero antes, quisiera saber por qué tienes esas proyecciones al rojo vivo. ¿Qué pasó?

—Ah… Sí. Quedaron encendidas. Será mejor que apague todo —dice al sacarse las gafas—. Yo también trataré de dormir.

Liam no brinda detalle alguno, me inquieta. Nunca antes vi gráficos tan alarmantes.

—Bueno, pero antes, explícame un poco mejor qué ocurre. ¿Cómo va lo nuestro… nuestros ahorros? Las inversiones.

—De repente quieres saber. Será mejor que lo dejes así. Mañana o pasado, cuando volvamos a hablar, te lo explicaré. Te veo cansado.

—Estoy agotado, pero igual quiero saber. —Me pongo furioso—. ¿QUÉ-PASÓ-CON-NUESTROS-AHORROS? —grito al tomarme de un extremo de la puerta. La situación me irrita, ya no la soporto más.

—Verás, los mercados tienen un comportamiento…

—Liam, ¡SIN-VUELTAS! —grito fuerte al interrumpirlo.

Hace una mueca seria y obstinada con su boca:

—Bien, has perdido tu parte… El mercado bajó otro veinticinco por ciento, más o menos.

—¿Qué?

—Sí, los ahorros de nuestros padres los dividí en dos partes iguales. El primer cincuenta por ciento era el tuyo y el otro restante, el que queda, es el mío.

—No lo puedo creer; ¿lo dices en serio o este es otro de tus juegos?

—Lo digo en serio, así son las reglas del mercado y de la herencia —dice seguro.

Me cuesta hablar. Una bronca, un odio profundo me llega hasta los huesos. Busco algo para pegarle. Necesito un bate, un martillo, algo fuerte y duro. No los encuentro cerca. Tal vez un cuchillo; sí, algo filoso para terminar de una vez por todas con todo esto. Pero tampoco encuentro nada en la cocina. El muy rata de mi hermano vendió muchas cosas mientras yo no estaba. Es patético: ahora sabe muy bien cómo hacer el mal.

33

Miro a Liam con desprecio y creo decirle todo lo que siento con un solo gesto. Me acerco, le arrojo uno de sus dispositivos de entorno. Comienza entonces a perseguirme con una soga gruesa. No pestañea ni se inmuta, parece otra persona. Busca azotarme, atarme o ahorcarme. Sus dientes gastados resaltan debajo de sus gafas, están quebrados de rabia, molidos de ansiedad y frustración.

Me resguardo en mi cuarto. Aseguro la puerta varias veces.

—Si rompes algo más, te lo descontaré cuando recupere tu parte —dice él, mientras golpea la soga sin cesar contra la puerta.

—Liam, estúpido… —digo entre lágrimas, sentado en un rincón tomándome de las rodillas—. ¡Deja todo eso antes de que sea demasiado tarde! ¿No puedes ver tu locura? Terminarás enfermo de necedad y soledad…

La puerta deja de retumbar, el ruido y la rabia se alejan. Al menos espero estar a salvo de mi hermano por un rato. Caigo al piso recordando, sin buscarlo, unas melodías de Oxy-Moron.

Duérmete que es demasiado tarde,
duérmete para que la pesadilla termine,
duérmete hasta que pase el dolor.
Duérmete que es mejor;
hasta que el infierno te despida,
o un Mito Verdadero te despierte.

34

Briza me levanta temprano con sus besos, con sus caricias. Ella logró ingresar a mi cuarto por la pequeña puerta de acceso que cierta vez le construimos cuando estuvo enferma, cuando necesitó de nuestra asistencia casi permanente a causa de una virosis.

«Será mejor que salga temprano para cambiar el alimento balanceado —pienso mientras me levanto del piso duro—. Briza tiene suficientes trocitos para casi un año o más. Necesito obtener otro tipo de raciones y bienes».

Mi lista es algo extensa, no ha quedado nada de primera necesidad en casa. Una bolsa de las grandes podría ser suficiente para comenzar, para intercambiar por primera vez en el mercado negro. Carezco de experiencia en esas cuestiones, pero es todo lo que puedo hacer, lo que tengo a mano.

Mientras preparo la bolsa escucho algunas noticias. No son las mejores, es de esperar; los tumultos, la confusión, se perciben en los distritos y zonas. Las autoridades sanitarias determinaron una fecha límite para hacer el censo y aplicar el código desarrollado por el instituto Katheudo; una semana es el plazo máximo para cumplir con los trámites sanitarios y ambientales que proponen desde el gobierno central para poder solucionar las problemáticas actuales de seguridad, salud y clima cambiante. No sé qué haré. Ha sido establecido un nuevo decreto.

Salgo apenas despunta el sol. Desconozco de qué se trata el mercado negro o dónde podría encontrar compradores y vendedores. Pero es urgente, en casa no hay más nada.

Necesito hablar con Inge, quiero saber cómo se encuentra; además, podría aconsejarme sobre qué hacer con mis bolsas de alimento para mascotas. La llamo varias veces, pero no contesta. Es extraño, suele levantarse temprano para preparar las tareas del día. También le envío varios mensajes, pero no obtengo respuestas. Volveré a insistir más tarde. Quizá tenga que pasar por su casa o por el instituto en algún momento. Presiento que será otro día largo.

Podría ir a la finca de Ardia, eso sería genial, pero los permisos de movilidad interzonal son limitados, los otorga la autoridad sanitaria o la de control fronterizo. Además, no está permitido migrar de manera individual. Tendría que salir con Liam. Es difícil, casi imposible, acordar algo con mi hermano, tanto o más que obtener una autorización para viajar fuera de la Zona 4.

Comenzaré con alguna persona de confianza, accesible, con muchas referencias. Alguien del cual nadie sospeche, pero a la vez sepa abastecerse en ese ámbito fuera del radar de las modas tecnológicas y los entes gubernamentales, alguien con autoridad, sin escasez de recursos ni de contactos. No tengo más opciones: Helmut Maller, nuestro psiquiatra, es el indicado para comenzar mi misión.

El doctor responde pronto. Estará en su casona hasta el mediodía, luego saldrá hacia su consultorio.

35

Me apresuro hasta la vivienda de los árboles frondosos y de la amplia esquina rodeada de ese particular muro cubierto con viejas enredaderas. La pared verde comienza a crujir; puedo ingresar por una hendidura escondida. Me aventuro por la senda cubierta de musgos. La puerta del hall se ve entreabierta; huela a café recién molido.

«¡Qué lujos se puede dar el doctor Maller!» —pienso mientras veo su silueta a pocos metros.

—¡Luca, pasa, por favor! —comienza a decir desde una mesita redonda, de mármol blanco—. Ven y siéntate conmigo. ¿Quieres un café?

—Sí —no dudo en aceptar.

—También puedes comer algunas tostadas, frutas y dulce; te ves muy flaco.

—Bueno, muchas gracias. No es fácil conseguir raciones en estos días.

—¡Oh, sí! —exclama al preparar una bandeja—. Dímelo a mí, he tenido que aumentar mis honorarios para poder pagar el café y otras necesidades. No sé a dónde iremos a parar, pero uno siempre se la rebusca, ¡el cielo provee! De eso querías hablar, ¿verdad?

—Bueno, sí. Necesito algunos bienes básicos. Pienso que podría intercambiar el alimento de Briza, nuestra mascota. Después de todo, es algo necesario; lo he comido varias veces y es bueno, mejor que muchas raciones programadas.

—Claro —dice con la taza de café suspendida en el aire, frente a sus labios—. ¡A lo que hemos llegado! ¿A ver?, ¿qué tienes allí?

—Traje esta bolsa, para empezar, pero tengo muchas más.

—La calidad es buena —dice al probar un trocito—. Pero yo no tengo la última palabra. ¡Don, Don! ¡Ven aquí! Necesito tu consejo.

Al llegar el perro, Helmut le ofrece algunos trocitos.

—¿Y? ¿Qué le parece, doctor?

—Parecen buenos, sí, muy buenos. Sabes, ahora que te dedicarás a comercializar bienes reales, ten en cuenta que lo importante es la calidad, cumplir y ser honesto con tus clientes. Después de eso, ¡el mundo será tuyo!

—Gracias. Pero... no tengo clientes, no sé por dónde comenzar. Mis amigos no están, desconozco quiénes son mis vecinos. Tengo pocos contactos.

—Esto que planeas te ayudará a relacionarte, hijo, a lidiar con la realidad. Es una buena iniciativa. No sé si será para toda la vida, pero es un buen principio. En primer lugar, yo podría adquirir una bolsa, la que traes aquí, por ejemplo.

—¡Eso sería genial!, pero tengo un cuarto lleno de ellas. Necesito contactarme con otras personas también. No quisiera molestarlo a diario, con todo el trabajo que usted tiene en su consultorio.

—De eso te comentaré ahora. Hay un lugar donde podrás «operar en libertad», pero prométeme que por nada del mundo divulgarás esta información a desconocidos, y mucho menos a alguien vinculado al mundo empresarial o gubernamental.

—Sí, juro.

—Bien. Hay un lugar, una empresa llamada *Megaverso Solutions Inc.* Se dedican a crear entornos virtuales, a los activos intangibles como los llaman los contadores. Queda en la Avenida Leiter, la única vía de circulación que no lleva numeración; hace poco fue bautizada con ese nombre; antes era la Avenida del Libertador, ¿recuerdas? Se encuentra en el área especial, en el «polo tecnológico». La empresa se establece en un edificio de considerables dimensiones, en una de esas viejas moles ahora remodeladas con todo tipo de servicios. Sin embargo, debajo, muy, muy abajo, en un subsuelo inmenso y escondido, yace un tesoro, el corazón de la compañía.

—Creo empezar a entender. Pero ¿cómo haré para ingresar?

—Podrás acceder solamente con una invitación especial —dice al dejar sobre la mesa lisa, impecable, una discreta tarjeta electrónica sin numeración ni descripción alguna—. Los dueños son amigos míos; en realidad, fueron pacientes y luego… Nos hicimos amigos, tuvimos algunas afinidades. Son emprendedores con experiencia, de la vieja escuela, de los que no pretenden torcer nada, sino más bien de los que buscan mejorar el mundo, de los que generan algo nuevo, una necesidad abstracta, y luego con las ganancias compran cosas tan viejas y obsoletas como tierras y casas. Tienen la virtud de transformar lo inmaterial en *Real Estate*. Ya no queda gente con su espíritu filantrópico y honestidad brutal. Ahora, el resto, los otros… buscan torcer las cosas y controlarlo todo.

—De acuerdo. ¿Qué horarios tienen? ¿Cómo se manejan allí?

—No tiene horarios especiales, aunque por la mañana suele haber «bienes más frescos» que en la tarde. Lo único que tienes que hacer es ingresar con esta tarjeta por el acceso principal. Luego muévete a tu derecha, siempre a tu derecha, hasta un ascensor escondido. Si vas hacia la izquierda, te perderás. El resto dependerá de ti. Tienes buena mercancía. Verás un nuevo mundo…. No el mejor, pero es lo que hay.

—Muchas gracias, Helmut. Hoy mismo iré. Dígame si quiere que le traiga algo.

—Bueno, ahora que lo mencionas, tráeme un poco más de café y… papel higiénico. Lo que puedas. Algo me queda, pero siempre mantengo un *stock* de al menos una semana. No podría quedarme «desabastecido», a mi edad.

—Sí, seguro. Haré todo lo posible para conseguir café de calidad y mucho papel.

—Me gusta esa actitud. Antes de que te vayas… ¿Cómo está Liam? Faltó a las nuevas sesiones. Habíamos acordado retomar hace algunas semanas, pero nunca apareció por el consultorio. ¿Qué es de su vida?

—¡Uf! —no sé por dónde empezar—. Necesita su ayuda, la de varios más también. Se vio afectado por muchas cosas. Vive en soledad, confinado otra vez. Ha dejado de ver a Inge; pierde plata en cursos y «nuevas inversiones», en invenciones y servicios que le sacan dinero; los ahorros de nuestros padres.

—Y el tiempo, le sacan también todo el tiempo. Eso es muy caro —acota Helmut.

—Sí, así es.

—Lo llamaré, o si no, quizá pueda pasar a verlo.

—Sería bueno. Espero que lo reciba. Ahora debo irme —siento prisa por conseguir lo necesario.

—Puedes llevarte lo que quieras —dice el doctor.

—Gracias. Si no le molesta, me llevaré algunas frutas, pan y jabón. Veo que no tiene clarificante para el agua, también aparece muy turbia en el condensador de mi casa, creo debe ser por el viento, por la calidad del aire. Hay algo que la ensucia. También necesito papel, como usted, junto con desinfectantes, velas, baterías nuevas, desodorantes, vegetales, algún calzado y, entre otras cosas, semillas; quisiera cultivar algo en el fondo de casa.

—Te veo muy bien, Luca. Estás armando un verdadero «portafolio de activos». Seguiremos haciendo «negocios» —dice con un gesto de compasión, o más bien de preocupación—. Debo ver a tu hermano pronto.

—Sí, por favor.

—Pasaré entonces —hace una pausa, dubitativo—. ¡Ah!, respecto al café, tal vez consigas *Intenso,* si no, algunas cápsulas del *Ristretto* que provienen de la Zona 16; salen una fortuna, pero son buenos, muy buenos. Del papel, si hay de hoja doble, mejor... En realidad —hace otra pausa—. ¿Qué estoy diciendo? A veces me olvido de la situación. ¡Bah!, trae lo que puedas.

Me retiro de la casona de Helmut muy contento por mis incipientes comienzos de comerciante y emprendedor forzado. Me encuentro con mucho más que al levantarme; probé un café delicioso; tengo un pase, una entrada para un nuevo mundo; además, el doctor tratará pronto a Liam. ¿Qué más puedo pedirle a la vida? Solo debo seguir mi plan para conseguir el resto de los bienes y esperar a que mi hermano mejore.

En casa no me detengo demasiado. Entro para dejar las cosas que obtuve de Helmut; cargo con otra bolsa sin que Liam se dé cuenta de mi presencia.

36

Me dirijo al distrito tecnológico con mi bolsa de alimento balanceado. Nunca me imaginé semejante contradicción. Alguna vez pensé en comenzar allí programando o al menos limpiando algún baño. Incluso soñé con formar parte de los proyectos tecnológicos del futuro, de lo último e innovador que aparecía en las noticias, pero jamás me imaginé intercambiando mercadería de primera necesidad.

Al llegar a la «nueva avenida» Leiter busco el edificio de *Megaverso Solutions Inc.* No hay carteles ni indicaciones, pero intuyo que es el tercero a la derecha. Es el que más se asemeja a las descripciones del doctor. Muchos jóvenes circulan por la zona, niños también, al igual que en Katheudo. Parece que es todo un éxito el plan interzonal de vinculación tecnológicas y formación. Busco mi pase para probar suerte. Antes de ingresar debo registrar mi bolsa en un sector de seguridad automatizada, sin personal. Pasa sin problemas por las cintas y sensores, aunque unos guardias ubicados en el otro extremo me miran con desconfianza. Muestro mi tarjeta por las dudas, para despejar cualquier sospecha. Me demoro algunos segundos, pero luego, luz verde, un chillido afirmativo acompaña la apertura del sistema de acceso.

Ahora debo concentrarme para no cometer errores. A la derecha encuentro una puerta metálica, ex-
pectante, casi escondida, de un color blanco pálido;
podría ser utilizada solo durante los servicios de
limpieza o en alguna eventual evacuación. Me interno en ella. A continuación, se presenta una escalera
de hormigón, de material sólido, gris y frío. Des-
ciendo con precaución hasta un pequeño ascensor.
El pasillo es oscuro y tranquilo como una pequeña
cueva. En un lateral apoyo la tarjeta. ¡Pling!, se activa.

«Otra buena jugada —pienso exaltado—. Tal vez
no resulte un día tan malo».

El discreto ascensor de servicio abre sus puertas
metálicas, parecen flojas. Por un instante dudo en
ingresar. No sé si el mantenimiento será el adecuado, pero ya estoy aquí. Al principio el pequeño transporte se mueve como el vagón de un viejo subte. La
luz interna destella en ritmos, se prende y apaga al
vaivén de cadenas invisibles. Los laterales crujen;
retumban golpes de puertas. Debajo se escucha un
chirrido, como el de un afilador o un disco de corte; alcanzo a ver algunas chispas que brotan por la
puerta construida con hierros soldados de manera
desprolija. El pequeño cubículo se llena de un olor
intenso, similar al aceite quemado; por momentos
como de goma caliente. Deben ser los frenos, supongo, espero que resistan hasta mi llegada.

El viaje es largo para ser un ascensor. No hay in-
dicador alguno que muestre el piso o subsuelo en el
que me encuentro. Parece descender varios metros
por minuto, pero quizá me encuentre a kilómetros
de profundidad. De repente, todo se detiene. Creo
que he llegado al nuevo mundo.

37

Percibo un bullicio cercano. Al correr la puerta pesada y sucia, me encandila una luz repentina. Del otro lado se presenta una gran caverna, casi infinita, muy alta y luminosa; me recuerda a una vieja terminal de trenes con gente por todos lados, a los gritos, con prisa, llevando cosas de aquí para allá. Veo personas mayores, varias señoras, hombres de edad, todos muy activos regateando por algo que necesitan. La gente que ofrece sus bienes se dispone en hileras, pero en pequeños sectores, de manera más o menos ordenada. El resto circula alrededor, entre las hileras y lo que podrían llamarse «puestos de intercambio o canje». Me sumerjo en ese mundo extraño y necesario al avanzar por la línea de puestos más cercana.

«Lo primero que tengo que hacer es conocer las reglas del juego —pienso al avanzar—. No debo apresurarme, solo necesito aprender lo esencial. Así podré sacar mejor provecho de la situación».

Los puestos me dan la impresión de ser modestos. Hay dos hileras, aunque crecen casi infinitas, se vuelven poco a poco más amplias al internarse en un cavernoso delta subterráneo; de un lado aparece el sector de papelería, librería y biblioteca; del otro hay frutas, vegetales y otras raciones. Observo a varias personas con detenimiento. Noto que se repite un patrón: muchos pretenden vender dispositivos o accesorios tecnológicos para obtener papel y luego pasarse a la hilera de enfrente para intercambiar otros bienes.

He perdido la noción del tiempo. No sé si es de noche o si ha salido el sol. Me cuesta ubicar la hora y el día de la semana en el que me encuentro. Tal vez sea la profundidad, la falta de oxígeno; aunque se respira bien aquí abajo. El lugar comienza a resultar hechizante, un ambiente seductor, extraño o bastante humano podría decirse.

—¿Por qué no quieres aceptar mi nuevo dispositivo? —pregunta un hombre de barba pelirroja—. Necesito ese papel, lo necesito urgente.

—Tengo demasiado de esos —dice el vendedor o canjeador.

—Una vez más, solo una, por favor —ruega el pelirrojo.

—No puedo, lo lamento —contesta—. ¿No tienes otra cosa mejor? Todo el mundo quiere papel, todo el mundo trae lo mismo pensando que tiene algún valor. Creen que ellos y sus dispositivos son únicos. ¡Qué idea estúpida! Además, ni siquiera hay señal alguna aquí. ¿Quién sigue?

El hombre pelirrojo se retira cabizbajo. Aparece una mujer de rulos castaños, bonita, aunque con marcas de preocupación.

—Buen hombre —comienza diciendo ella—, disculpe, recién escuché que no acepta dispositivos, pero, le ruego, tengo varios hijos, ¿podría al menos recibir estas baterías que traigo conmigo?

—Lo lamento, señora, no puedo hacer concesiones, me fundiría si acepto cualquier cosa. Pero hay gente que las podría necesitar. No digo que no tengan valor, pero es muy bajo. No me dedico a ese rubro.

—Bueno, gracias —dice ella al guardar lo suyo y retirarse.

De pronto se me ocurre entrar en acción, probar suerte.

—¡Señora!, disculpe —llamo su atención mientras apuro mi paso antes de perderla de vista entre la multitud.

—¿Qué quieres, joven? —pregunta ella al darse vuelta junto a un puesto de frutas.

—Nada, solo que, quizá a mí me sirvan sus baterías. Tengo este alimento para mascotas, tal vez, no sé, le sirva a usted. Soy nuevo aquí.

—Dejame ver —dice al abrir mi bolsa y evaluar de manera extraña su contenido—. ¡Hijo, tienes un tesoro aquí! —afirma al oler un trocito; lo hace como si estuviera degustando un vino o una fina hierba.

—¿En serio? —pregunto incrédulo.

—Sí, incluso es mejor que el papel, el principal medio de cambio aquí. El papel es útil para muchas cosas: puedes calentarte cuando no hay suministro ni energía; es posible enviar mensajes secretos a tus colegas; escribir y dejar algo a la posteridad; todos lo usamos para ir al baño... la lista es larga. Supera lejos en valor a los habituales y poco valorados dispositivos que muchos traemos a diario —comienza a explicar ella—. Tus «croquetas» son de calidad, se percibe en su aroma y textura. Son como monedas con valor constante, no pierden su poder de compra, no las afecta la inflación ni los cambios de humor del «Señor Mercado»; otra ventaja: todavía están lejos del ojo regulador del Nuevo Gobierno. Según los viejos manuales de economía, te diría que se asemeja, cumplen el rol, de «divisa fuerte», intercambiable. Con ellas es posible operar en cualquier mercado de bienes. Es más, quisiera asesorarte en tu carrera. Me llamo Candy S. Mart, economista y consultora.

—¡Oh! ¡Qué bueno! —respondo sorprendido por la noticia que me trae la mujer—. Entonces, ¿cuántos trocitos quiere por las dos baterías?

—Verás, para ser honesta, tendríamos que pesar los bienes y usar la tabla de equivalencias que solemos emplear aquí. Podría haberte engañado, como otros colegas lo han hecho en otras ocasiones, pero no, soy una economista con principios.

—Bueno, Candy, pero también es posible contarlos. Sería incluso más práctico en estas circunstancias.

—No, sería deshonesto de mi parte; aquí todo se pesa, hasta los huevos y las baterías. La física predomina sobre cualquier cálculo. Aquí nadie se deja engañar. Te recomiendo que lleves una balanza contigo, aunque sea una pequeña, como esta —dice al sacar un pequeño artefacto de su bolso.

—Como prefieras, Candy. Dime cuánto debo pagarte.

—Entonces, mis baterías pesan —hace una pausa para calibrar su balanza—, cien gramos. Vamos a la tabla y... aquí están: diez gramos de alimento para mascotas de primera calidad o bien quince gramos de calidad intermedia. Lo tuyo es bueno, te lo aseguro, he visto otras croquetas mediocres por allí y la gente igual se las llevaba como pan caliente. Recuerda, arriba se habla de centavos a millones, aquí de miligramos a toneladas.

—¿Entonces?

—Ahora lo tuyo. A ver, a ver —dice al agregar los trocitos de a uno sin prisa—. Diez monedas de las tuyas. Con eso estamos a mano.

—¿Apenas diez trocitos por dos baterías? —pregunto asombrado.

—Así es… ¿Cómo te llamas?

—Luca, Luca Green —respondo contento—. ¿Quiere decir que podría comprar casi cualquier cosa con esta bolsa que llevo?

—Exacto. Te lo he dicho, creéme. Si tienes más, si has ahorrado o invertido en ellas, eres *multikilonario*. Recuerda, podría asesorarte muy bien en estas cuestiones. Ahora debo irme, pero suelo estar por aquí durante las mañanas.

—¡Espere, antes de irse! Le daré algunos más, por sus servicios, para que pueda comprar algo para sus hijos. La escuché, cuando le hablaba al vendedor, o canjeador. No sé cómo los llaman aquí.

—Mis hijos, Joan y Charlie, tienen veinte y veintidós años. A veces no hace falta dar muchos detalles cuando vienes a Megaverso. En este lugar el regateo es importante. Es otra de las cosas que debes aprender: insistir, ponerte firme, negociar, ceder; cada cosa a su debido tiempo.

—De cualquier manera, aquí tiene, por su ayuda —digo al extender mi mano.

—¡Oh, Luca, querido! —exclama al recibir más trocitos—. Muchas gracias. Espero verte pronto, cuídate.

Sigo de buena racha. Me cuesta creerlo. Tengo baterías, puedo comprar papel higiénico y, lo mejor de todo, cuento con un tesoro en casa, todas esas bolsas de alimento para mascotas esperándome. Podría decirse que me siento feliz, muy alegre de manera inesperada y repentina.

38

Reconozco a alguien entre la multitud. Creo que es el amigo de Helmut que conocí hace unos meses: Will, sí, es el escritor William Steve Leving. Lo veo a pocos metros, entre las hileras de libros, vinos y tabaco.

—¡Señor! ¿Es usted Will Leving, amigo del doctor Helmut Maller? —pregunto en voz alta al acercarme.

—¿Qué? —dice sorprendido, como dormido, mientras deja de leer un viejo libro—. ¡Oh!, joven Green. No grites, no es bueno hacer alharaca en este lugar. Sé discreto. Discúlpame, estaba metido en mi lectura. ¿Qué haces aquí?

—Estoy buscando, canjeando, objetos de valor.

—¿Hace mucho que andas por aquí?

—Es la primera vez.

—¿Qué te parece Megaverso?

—No he ido todavía a las oficinas de la empresa. Vine directo hacia aquí abajo. Me está yendo bastante bien, mejor de lo que pensaba. No puedo quejarme.

—Este es el verdadero Megaverso. Estamos en el corazón de la empresa, el «foco del negocio»; o mejor aún, el purgatorio de los primeros emprendedores tecnológicos, los verdaderos filántropos, que se han unido para permitir este vestigio de los tiempos libres como un resarcimiento por los daños ocasionados. Ven, si quieres daremos un paseo —propone Will.

—De acuerdo. Necesito algunas cosas más, quizá pueda indicarme dónde podría encontrarlas.

—Así lo haré. Estoy casi seguro de que te envió Helmut…

—Sí, ¿cómo lo sabe? —pregunto.

—A esta altura de la semana casi siempre teme quedarse sin café, sin papel. Nos reunimos con frecuencia, somos como hermanos. —Hace una pausa; me mira con gestos de duda. Parece que se arrepiente de algo que ha dicho—. Somos como «buenos» hermanos, como amigos entrañables, quise decir. El doctor me pide bienes de primera necesidad cada vez que me dirijo a Megaverso.

Salimos del puesto de libros.

—¿Qué anda buscando por aquí? —pregunto mientras caminamos a paso lento, como si estuviéramos recorriendo una feria medieval sin demasiada prisa.

—Además de las cosas para mi casa, estaba buscando un libro en su edición original, uno de esos que ya no se consiguen en el mercado tradicional.

—Pero ¿no probó alguna publicación electrónica, digitalizada?

—Sí, pero prefiero las ediciones originales, me he cansado de leer versiones adulteradas, alteradas por corruptos y vagos. —Ubica sus anteojos para evaluar el sello y la etiqueta de una botella—. Hacen lo mismo que con la leche, el vino o el aceite de oliva. Cuesta encontrar una edición original. El otro día leí una versión de un libro clásico donde han cambiado los diálogos y hasta el final. Además, ya no editan los originales, es a propósito. Hybris Group, por medio de su subsidiaria AmazingNest, ha comprado los derechos de todos los clásicos. Los adquieren solo para enterrarlos. Oh casualidad, cambiaron las reglas del juego hace poco. Ahora los derechos de autor duran mil años, así los sepultan para siempre.

—Es una pena. Me gustaría conseguir algunos libros. ¿Qué más podemos hacer?

—Sigue escribiendo, sigue leyendo, sigue desentrañando la verdad que encuentres.

—Hago lo que puedo. Ahora tengo este trabajo, me gusta, pero me quita tiempo...

—No te preocupes, eso es bueno —dice al hojear un manuscrito descolorido dispuesto sobre una mesa junto a otros más—. Es parte del juego, no descubrirás nada si permaneces encerrado, guardado.

—Es posible, pero ¿qué sugiere hacer con esta bolsa? —pregunto para cotejar la información recibida por Candy—. Me han dicho que tiene algún valor. Por lo pronto necesito desinfectantes, velas, desodorantes, vegetales, algún calzado y semillas. Ya conseguí baterías, pero tengo algunas dudas.

—Te falta papel y café para Helmut.

—Es cierto. Casi me olvido. También necesito clarificante para el agua de casa y analgésicos.

—Analgésicos y cualquier otra droga sintética las ofrecen sin problemas «arriba». El resto, aquí «abajo».

Las hileras y puestos parecen multiplicarse a medida que avanzamos por el mercado subterráneo.

—Te resumiría el secreto, el éxito, de este lugar de la siguiente manera: el valor suele estar en lo escaso o en lo útil, pero nunca en lo que sobra o resulta inútil.

—Gracias, pero ¿cómo ingresa y sale toda esta gente? —pregunto intrigado.

—Una vez que adquieras experiencia, sabrás cómo hacerlo. Hay muchas entradas y salidas por aquí. Solo has conocido una de ellas; así como has visto una oportunidad, conocerás otras. Sigue caminando, vendrá lo mejor si no te detienes y continúas buscando. Procura no desanimarte ante los problemas, eso destruye cualquier carrera.

Will logra despejar algunas dudas. Ahora podremos seguir por el mercado intercambiando, canjeando, sin prisa muchas de las cosas que necesitamos; quizá también consigamos algunas de las que anhelamos.

39

Aquí «arriba» me siento feliz por todo lo que obtuve allí «abajo». Recién un guardia me aceptó unas tiras de papel higiénico por una caja completa de analgésicos; es para el desquiciado de mi hermano, espero que esto lo calme un poco, que recapacite. En el fondo siento una especie de aprecio, o de lástima. Me cuesta entender, aceptar diría, eso de: «lo quiero como a un hermano», o «somos como hermanos». Sería mejor expresar las excepciones en la vida de otra manera, como corresponde, sobre todo en los casos familiares. Por ejemplo: «con mi familiar somos como amigos».

Escuché por allí que la felicidad no es tal si no se puede compartir. Me gustaría encontrarme con alguien «querible», «ni dioses ni diosas», «un simple humano», un amigo, una amiga para llevarle algo y poder pasar un buen rato en buena compañía. Más tarde o mañana pasaré por la residencia de Helmut para dejar sus cosas, pero quisiera que fuera alguien más.

Tengo que ver a Inge, pero no contesta. «Primero iré a su casa, es probable que ella todavía permanezca allí, de lo contrario, continuaré hasta el instituto. La encontraré en algún lugar... Eso espero».

Se hace difícil maniobrar con las dos bolsas de bienes; llevo una en cada mano, las siento pesadas, tienen bastante volumen. Obtuve todo lo que necesitaba y mucho más; incluso me ha sobrado media bolsa de trocitos o «croquetas», como las llama Candy; van en mi mochila como si fueran tesoros desenterrados.

En la casa de Inge no veo a nadie. El parque, la entrada, luce desprolija, abandonada, como cuando alguien parte de viaje. El césped ha crecido, el polvillo comienza a meterse por todos lados. Algunas luminarias cuelgan rotas, los restos descansan dispersos por el piso. El viento... o alguien ha pasado. Me pregunto cuánto hace que Inge no regresa a su casa; tal vez se ha mudado, pero no me ha dicho nada. Es raro. Aunque... ella ha cambiado, casi lo olvido. No quiero volver a esas imágenes que tuve en su despacho. Todavía predominan los recuerdos de la Inge original; mi mente se niega, se revela ante una maldita realidad difícil de aceptar.

40

Apuro la marcha para llegar hasta el acceso del complejo Hybris. Necesito ingresar al instituto, necesito ver a Inge cuanto antes.

—Denegado —dice una voz sin rostro cuando intento pasar.

Comienzo a agitarme. Siento un dolor en el abdomen. Por momentos me cuesta respirar. Temo lo peor.

—¡Señorita!, ¡disculpe usted! —le pregunto a una pasante que está por llegar.

—Sí, ¿qué desea? —pregunta la niña sin despegar la vista de mis bolsas.

—No puedo ingresar al complejo. Debe ser un error, le aseguro que he podido hacerlo hasta hace poco. Una vez que usted se encuentre dentro, ¿sería tan amable de llamar a alguien?

—¿Qué ocurre aquí? —pregunta un guardia mientras se acerca un Z-pot de vigilancia.

—Dice el señor de las bolsas que no puede pasar. Ahora debo irme, se me hace tarde. —Se despide sin decir más nada.

—Será mejor que se vaya. ¡Aléjese! —ordena el guardia ante la mirada eterna del Z-pot.

—Necesito ver a un directivo, a una amiga en realidad, pero no puedo ingresar. Debe haber algún problema.

—Han caducado los viejos permisos. Ahora se utilizan otros. ¿A quién busca? Además, ¿qué trae allí, en esas bolsas?

—Busco a Inge Williams y... traigo algunas compras... cosas básicas. Además, mis padres se encuentran internados en el instituto Katheudo.

—No puedo contestarle ahora —responde al dirigir su mirada al Z-pot.

—Pero, por favor, se trata de un tema importante. —No sé si invento una excusa o digo la verdad.

—¡Código 42! —ordena el guardia.

El Z-pot se retira.

—La doctora Williams no trabaja más aquí —comenta en voz baja—. Será mejor que cuide sus pertenencias —susurra sin pestañear.

—¿Cómo puede ser?, si...

—¡Váyase o será incomunicado! —interrumpe. Es lo último que me dice.

Permanezco sin saber qué hacer. Me duelen bastante los brazos y las plantas de los pies, pero debo irme; otro Z-pot se acerca.

41

Ni bien emprendo el regreso noto disturbios a pocas cuadras. Llegan ecos, explosiones de distintos sitios. Me aferro a mis bolsas. «Veré si hay alguna novedad en las noticias —se me ocurre—. Será mejor que vaya por el camino más seguro para llegar a casa; esto se está poniendo feo».

Mi dispositivo no funciona; se encuentra encendido, pero muestra un error: *Lorem Ipsum*. Abro otros servicios y nada, se repite el texto *Lorem Ipsum* por todos lados. Busco en varias soluciones frecuentes: lo mismo.

—¡Esto es un caos! —dice una mujer desesperada que pasa junto a mí.

—¿Qué le ocurre, señora! ¿Se siente bien? —pregunto desorientado.

—¿No lo sabes? Se han caído las comunicaciones y el servicio energético de toda la zona, según dicen. ¡No sé cómo haremos para vivir! ¡Será mejor que te apresures! —termina diciendo antes de desaparecer en una esquina sombreada.

No recuerdo bien cómo regresar a casa. Las funciones de mapeo y orientación permanecen inactivas, solía utilizarlas para moverme por los distritos y evitar los sectores conflictivos o el tráfico. Tantos años de uso, ya me había acostumbrado a ellas.

Ahora debo apelar a la memoria y a mi instinto, a esa voz apagada y olvidada que todos llevamos dentro... no sé por dónde comenzar.

—¡Corre, hijo corre! —grita un hombre que viene en el mismo sentido que la mujer anterior.

—No entiendo —digo al detenerme.

—Pero ¿es que no lo ves? ¡Vienen hacia aquí! —exclama al distanciarse.

—Solo escucho un ruido constante que no alcanzo a distinguir bien.

—¡Mira! —grita al apuntar con un dedo inquieto—. ¡Detrás del complejo, más allá de las moles!

El ruido se hace cada vez más intenso. Alcanzo a ver algo a la distancia; algunas personas parecen dirigirse hacia aquí, es posible que pasen por este lugar, espero en realidad que doblen antes. Pero detrás... vienen más y más. Un mar de gente avanza en la misma dirección. Camino hacia atrás algunos pasos mirando esa ola que se viene, como tratando de adivinar dónde impactará todo eso, buscando la mejor salida para huir. En el frente muchos corren desesperados. No sabría afirmar si son vándalos, o si son parte de todos. Un distrito entero ha salido a las calles; no... en realidad, parece que varios distritos se mueven juntos, se han despertado ahora que nada funciona. Pero detrás de ese frente popular una cresta más ruidosa aún se eleva a toda velocidad. Son los Droves de seguridad, los Black Droves. Imponentes y seguros disuaden al «pueblo» que estaba dormido. Varias formaciones de Z-pots se unen a la marea.

Es hora de escapar, antes de que sea demasiado tarde. Oriento la mochila hacia adelante, prefiero ponerla de frente, hacia el pecho; me aferro a las dos bolsas. Tomo aire y despego con prisa los pies del lugar.

Ya no puedo ver hacia atrás. En cualquier momento podría impactar esa tempestad confundida y violenta sobre mi cabeza. Corro como puedo entre la gente. Busco extenderme por las calles. El ambiente, todo por donde me desplazo y alcanzo a entender, emite un ruido rítmico que aumenta en magnitud. Un clamor cada vez más fuerte surge del fondo; es cortado por momentos con el retumbar estridente de máquinas y explosiones.

El cielo se ha puesto gris, pero no creo estar perdido. Recuerdo poco a poco algunos «hitos» en el camino que me dan esperanza: la vieja capilla restaurada en baños públicos, el colegio de mis padres transformado en entidad financiera, la calle donde los perros me salvaron de las bestias y las ventanas donde hay gente que brilla, pero no tiene rostro.

«No debo estar lejos —me digo—. Es cuestión de no parar, de resistir la corrida hasta el final, de ganarle un segundo al destino».

A medida que avanzo veo más y más gente que sale a las calles. Las viviendas comienzan a vaciarse de habitantes, las puertas parecen despojarse de preocupaciones, las ventanas vomitan odio.

42

Me cuesta caminar con las bolsas que obtuve en Megaverso, las personas cruzan de un lado a otro sin un patrón específico. Pero no me falta mucho para llegar a casa.

—¡Terminemos con todo esto de una vez! —grita un hombre al salir de un cuarto pequeño, su vivienda.

—¡Marco! ¿Qué piensas hacer, estúpido? —grita una joven, no sé si ella es nativa o inmigrante, pero parece conocerlo, tienen facciones parecidas.

—¡Luchar o morir! —responde el hombre con los ojos bien abiertos—. ¡Comienza la resistencia!

—¡Tanto tiempo ocultándonos! ¡Justo ahora se te ocurre salir!

—¡Los derribaré! —grita al apuntar con un viejo rifle, de esos largos, de colección, un Remington, quizá.

La sombra de un Black Drove se acerca. Choco y reboto contra la gente. Termino en el piso. Arrastro las bolsas entre los vehículos quemados.

—¡Así mueren los monstruos, las langostas infernales! —grita al disparar dos veces y afinar su puntería.

La máquina se posa sobre el hombre rebelde; hace una pausa espantosa, casi sin ruido ni previsión alguna; procesa suspendido la situación, aguarda algún estímulo antes de romper su parada oscura y eterna.

—¡No! ¡Papá! ¡Por favor! —grita la joven.

El hombre vuelve a disparar mientras nos dispersamos.

El Black Drove saca un pequeño brazo metálico. Al instante el rebelde termina quemado. Escucho que la hija del hombre llora desconsolada mientras me arrastro por el piso corroído junto a otras personas. La máquina descarga un fluido continuo y espantoso sobre nosotros, parece el agua del río Claro. Prosigue así por el resto de la calle hasta que se pierde de vista, desaparece.

Varias personas forcejean, retienen una de mis bolsas. La dejo, me olvido de ella. Agarro lo que me queda y escapo sin llamar la atención. Estoy por llegar.

Ese mar turbulento de humanos y máquinas ahora regresa al Distrito Principal. Escuché por parte de algunos que allí se están organizando manifestaciones contra los cortes de luz y la falta de comunicaciones. Los servicios y sistemas no funcionan, a eso le teme la gente.

Siento un alivio temporal al ingresar en mi cuadra. «Pronto podré descansar y disfrutar algo de lo que me ha quedado. Convenceré a Liam por las buenas —reflexiono—. Traigo todavía algunas cosas para él».

La ilusión dura poco. Una humareda constante sale de mi casa. No veo gente cerca.

43

Una estela de humo sale del cuarto de mi hermano. Se escurre por debajo de la puerta y sube por el marco.

«¡Qué bueno es mi hermano! —pienso al llegar—. Qué geniales son todos para arruinarme un buen comienzo».

—¡Liam! ¿Qué pasa? ¡Por favor! —exclamo frente a su entrada bloqueada.

Golpeo varias veces. No contesta. Noto que hay grasa en el suelo y un olor picante en el ambiente, se parece al de un viejo combustible que usaba mi abuelo; se ve disperso por varios lugares de la casa. Busco entonces a Briza; es pequeña y la resguardo en mi mochila. Necesito algo pesado para derribar la puerta de Liam. En el cuarto de bicicletas dejo mis provisiones y agarro una vieja maza, uno de esos martillos pesados que se usaban para demoliciones; solía usarla papá para encastrar bujes duros de alguna pieza, para trabajos que requerían fuerza o violencia controlada.

—¡Liam! ¿Estás bien? —pregunto al dar el primer golpe.

No contesta.

—¡Abrí la puerta! ¡La voy a derribar en cualquier momento! —Doy otro mazazo, pero esta vez más fuerte. Se forma un hueco profundo.

Hago una pausa. Me parece escuchar algo.

—Dejame tranquilo. —Percibo como en un susurro.

El humo se expande. Desespero.

—¡Estoy harto! ¡Abrí de una vez por todas! —grito al dar mi golpe fatal.

Mi hermano aparece tirado, entre un humo denso y el fuego que ahora se aviva. Tiene sus gafas puestas, viste un traje singular, de esos que permiten sensaciones y juegos especiales; en una mano descansa una botella vacía y en la otra un viejo incinerador.

—¿Qué te pasa, estúpido? ¿Qué estás haciendo? —pregunto desconcertado.

—Perdí la partida —vocifera.

—¡Salgamos de aquí! ¡No puedo apagar el fuego!

Lo tomo de las piernas. Intento arrastrarlo hacia la cocina, el lugar más cercano. No puedo hacer más. También hay fuego en el jardín seco y abandonado; la entrada está lejos.

—Perdí el juego —vuelve a insistir.

—¿Qué decís? ¡No te entiendo!

—Me quedé sin nada. Perdí mis inversiones, me rifé el futuro; mucho más también —vocifera en el piso. Parece como perdido, un náufrago que navega en un mar de malos pensamientos.

—¿Perdiste los ahorros que nos quedaban?

—Ahora no será de nadie —dice como en un trance—. No tengo más negocios ni con quien volver a jugar.

—Esto es terrible —me sale de repente—. ¡Salgamos de aquí! ¡Arriba, Liam!

—Me quedaré aquí hasta el final. La casa no será de «ellos» —afirma en voz baja, como en otro susurro sin sentido.

—¿Qué te ocurre? Si es nuestra, pero la estás quemando —digo confundido. No soporto la situación. Todo se ve prendido y humeante; es imposible escapar de lo que irradia el destino.

No veo sus ojos tapados por las gafas negras, pero podría afirmar que está enfermo de tristeza. Sus labios se juntan, su rostro se transforma. Comienza a sollozar. El humo nos alcanza primero.

—Perdí la casa, también —se confiesa desconsolado—. La aposté en un contrato fiduciario en Kakoo, como garantía, luego de quedarme sin ahorros. Tuve una idea final. Pero todo siguió igual de mal, el mercado continuó derrumbándose. Nada se volvió a encender. Todo se apagó. Soy un fracaso, ya lo sé, por eso Inge me dejó. Lo sabía.

Otra vez ese peso, esa desolación contagiosa, me abruma. Ya no hay diálogos ante la locura y la pandemia. Enfermo de desesperación apenas alcanzo a tirarme debajo de la mesa mientras el techo comienza a derrumbarse. No puedo decir más nada… la garganta, el cuello me arden; se apaga mi voz.

44

Despierto, pero no puedo ver, tengo algo sólido sobre la cara, tapando mis ojos. Escucho voces, algunos ruidos suaves también. Por momentos siento el cuerpo rígido, inmovilizado y ciego podría decirse. No sé si soy un fantasma o una persona tendida en algún lado.

—Han pasado tres días. Debo cambiarle las vendas al otro paciente —dice una mujer que parece alejarse unos pasos.

—Te ayudaré con el hielo, no podemos perder nada —dice una voz conocida, pero que no alcanzo a distinguir de quién proviene.

—Es una pena lo que ha pasado —dice otra voz familiar—. Tenía un futuro prometedor.

Quisiera hablar, preguntarle a esa gente que se encuentra a mi alrededor qué pasó, dónde estoy, quiénes son ellos. Hago varios intentos. No puedo hacerlo. Algo ocurre con mi voz. Necesito levantarme, mover los dedos incluso, pero estoy cansado, muy débil.

—Fue muy difícil extraer el traje de este joven, y sus gafas, todas pegadas. Me temo que le van a quedar marcas. La cirugía que tuve que practicar fue muy compleja.

—¿Crees que se repondrán? —pregunta la primera voz.

—Han respondido bien al suero, pero no se hagan demasiadas ilusiones —contesta la mujer.

—¿A qué se refiere, doctora? —pregunta el otro.

—Son dos casos médicos extremos. Veanlo de esta manera —comienza diciendo—, si no los hubieran sacado a tiempo, podría haber sido peor. Las quemaduras de este joven son de las más complejas, de segundo y tercer grado. Las del otro son menos riesgosas, pero hay una zona de la garganta que no me gusta cómo se ve.

Por el momento no sé si la doctora habla de Liam, de alguna otra persona o de mi estado de salud. Eso comienza a preocuparme. Trataré de buscar pistas hasta que pueda recobrar fuerzas; quisiera al menos poder levantar el brazo sin suero. El lugar huele a sustancias químicas. Podría estar en un laboratorio o en un centro de salud, pero no hay ecos ni ruidos de otras visitas. Además, recién escuché el ladrido cercano de un perro. De estar vivo, podría estar en una casa o bien en un nuevo centro de detención, en alguno de esos sitios improvisados alejados de los lugares comunes y que comenzaron a proliferar sin motivo claro. Escuché de su existencia, pero nunca pensé que me tocaría caer en uno de ellos. Es más, no se sabe quién los gestiona.

—Pondré algo de música —dice la primera voz al dar unos pasos—. Ya ha vuelto el suministro energético.

Esto se está poniendo raro. No sabía que en los centros de detención pusieran música.

—No muy alto —sugiere la doctora.

—Algo de ópera podría ser —dice la otra voz.

—¡Uf! Nada de *dramma*, a lo sumo algo *giocoso* o *buffo*. Tomé clases de musicoterapia —aclara la mujer—, la música puede ser algo bueno suministrado en un volumen adecuado y a dosis constantes. Después de todo, escuchar es lo mejor que pueden hacer.

—¡Por suerte volvimos a tener energía y comunicaciones! —dice la primera voz—. No podemos decir que volvimos a la normalidad, porque no es así, pero por lo menos la gente ahora se ha calmado. Me haré un café.

Creo empezar a sospechar con quienes me encuentro.

—Sí, ya no hay más «rebeldes» —aclara la segunda voz—. La «resistencia» se ha disuelto apenas regresó «la luz». Esto confirma la teoría del placebo: «Un pueblo estará en paz mientras tenga sus sistemas activos». Por otro lado, vuelve falsa la premisa: «La seguridad alimentaria determina la paz o el caos». Es evidente que no hay suficientes raciones, nada que comer en nuestro mundo, pero la gente se ha vuelto de nuevo apacible y dócil gracias a los sistemas.

—Profesor Leving, no sea tan categórico. Y por favor, pongan otra música, algo más «actual», que levante las hormonas y el ánimo. ¡Otra vez Bach! Se quedarán dormidos para siempre estos jóvenes.

—Les dará paz, o *relax* al menos —acota la primera voz, que creo es de Helmut.

—Querida Rose, doctora, hubo cuatro grandes períodos en la historia musical. El primero fue cuando surgió el sonido con algún significado para el alma o la «personalidad», en los albores de la humanidad, con las primeras tribus y personas solitarias. Más tarde tuvimos el Renacimiento y el Barroco; no hubo gran cosa antes. Y para terminar, la música del siglo XX, hace bastante. Este período podemos dividirlo en tres grandes momentos: Entre Guerras, Lunático y Permanente; el primero y este último, para mí los mejores, después del Barroco.

—Pero, no entiendo, ¿en qué se parecen Bach o Vivaldi a un Gardel, a un Mark Knopfler, a un Mike Oldfield, a un Piazzolla, a un Gilberto Gil, a un Freddie Mercury o incluso a un Bon Jovi o a un Bono?

—Doctora. No se olvide de las mujeres —acota Helmut.

—¡Eso!, de igual manera, ¿qué tiene en común Barbara Strozzi con una Ella Fitzgerald, o con una Bonnie Tyler, o con una Cyndi Lauper, o bien con una Madonna? ¿Me podría explicar, por favor?

—Son todos clásicos: pasión constante —responde Will.

—¿Pasión?

—No. Pasión «constante» —aclara Will—. Se trata de lo que fueron y mantuvieron. Rose, luego de ese último período que te mencioné, el Permanente, hubo solo excepciones; antes era la regla. El éxito era el resultado, no el objetivo. Ahora tienes a viejos y niños haciendo siempre lo mismo: en base a tres ritmos ya predefinidos, estudiados por la ciencia (por la tecnología en realidad), les cambias los monosílabos y listo, ya está, al mercado, directo a los servicios, a un instante de los usuarios. Y luego, el vacío absoluto. Sin improvisaciones perfectas como lo hacía Louis Armstrong, nada de rebeldía de

los años sesenta y olvídate de transpiración, mus-
culosas o permanentes, como en las décadas de los
ochenta y noventa del olvidado siglo XX. La música
se basaba en la intuición, en el alma y el corazón;
la llamaban «inspiración». Además, esos músicos y
bandas tenían principios humanos; algunos muy en
el fondo, pero al menos formaban parte de esa base
única con personas que se caracterizaban por abrazar la vida con pasión constante.

—Profesor, ¿se está poniendo memorable, nos-
talgioso diría, o me parece a mí? —pregunta ella
mientras escucho que cortan unas telas.

—¡Will! ¡Ya tienes tu café! —llama Helmut—. El
período Lunático creo merece más atención: dio
mucho para bailar; Elvis, Chubby Checker...

—Termino con la doctora y voy —grita Will—. Lo
discutiremos. Creo que faltan unas clases más aquí
y listo.

—Será mejor que no grite, profesor —aconseja
Rose—. Bajen esa música, por favor. Tráigame una
última venda para Liam y listo. Además, podrían
ofrecerme un té, un mate o un vaso de agua al menos. No tomo café. Gracias.

Se retiran. Lo más importante queda develado.
Estoy junto a Liam, en la casa de Helmut, con su
amigo Will y una doctora llamada Rose, atenta y paciente. Espero que podamos recuperarnos pronto y
que Briza se encuentre bien. La música ayuda.

45

No sé si han pasado horas o semanas. Debo hacer un esfuerzo especial para ubicarme en el tiempo y en el espacio. Despierto como luego de una gran siesta o una anestesia prolongada. Comienzo viendo figuras próximas a mi cara. Son tres, una pegada a la otra.

—Luca, ¿me oyes? —pregunta el rostro difuso de Helmut. Empiezo a ver mejor, pero no puedo hablar. Poco a poco se enfoca mi vista.

—Joven, dime si te duele —dice la doctora al pellizcarme—. Muevo la cabeza afirmando mi respuesta, antes de que lo haga otra vez.

—Parece que puede vernos y oírnos, pero no habla —dice Will.

—¿Podrían alejarse un poco? ¡Por favor! Necesito espacio para evaluar a los pacientes.

—Luca. A ver, voy a ser sincera contigo. Procuraré ser breve. Tu hermano y tú sufrieron un accidente. Su casa se prendió fuego. De casualidad pasó Helmut para ver a Liam por un tema de tratamiento y vio toda esa catástrofe en la vivienda. El doctor, justo antes de que todo se consumiera, logró sacarlos con la ayuda de un superior. No hubo servicios de urgencia ni nada por el estilo que llegase antes, estaban todos atareados en otros distritos durante el

Gran Apagón. Lo primero que se le ocurrió al doctor Maller fue traerlos a su casa y llamarme a mí para que pudiera atenderlos en carácter de urgencia. Ambos tuvieron intervenciones quirúrgicas, pero el más afectado ha sido tu hermano. Ahora deberían poder levantarse y comenzar a tener una vida «normal», si se quiere. Pero antes, es necesario terminar con el diagnóstico posoperatorio. Por eso voy a realizar una serie de tareas de rutina o protocolo: un examen de la vista, audiometría y preguntas. Luego el doctor Maller les explicará otras cuestiones también importantes.

Muevo la cabeza en señal afirmativa. La doctora hace que me sienta sobre la cama. Me muestra unas tarjetas con letras y palabras de distinto tamaño y tipografía. También coloca unos auriculares con los cuales se perciben distintos tonos.

—Al parecer, puedes escuchar y ver bien —afirma ella—, pero me temo que no puedes hablar. El accidente, de alguna manera, afectó tus cuerdas vocales y los músculos que intervienen en el habla. De todos modos, te ayudaremos, tendrás que aprender a comunicarte.

La noticia me impacta.

—Luca, querido, lo podrás superar, ya verás —dice Helmut—. Rose ha sido de mucha ayuda para todos nosotros. También mi mentor, el doctor Nel Bara, jugó un rol trascendental. Fue él quien me propuso pasar por tu casa; me ayudó a socorrerlos y luego envió a Rose, su asistente.

—¡Puedes vestirte y salir de la cama! —ordena Rose. Hace unos pasos y se dirige a la otra—. Liam, ahora te toca a ti. Vamos, hijo. ¡Siéntate, por favor! Es importante que... te incorpores.

—Bueno, pero, ¡no veo nada! —dice mi hermano al levantarse—. ¿Qué me pasa? Me siento extraño. Oscuro.

—Veremos. Estoy contigo —dice ella.

La doctora mantiene con Liam la misma rutina de tarjetas, letras y auriculares que tuvo conmigo. El rostro de él no es el mismo, ha sido deformado por el fuego y el calor. Me da mucha pena verlo así.

—Liam, escúchame bien —dice al tomarlo de la mano—. Padeces una ceguera accidental, producto del hecho que le comenté a tu hermano. Lo lamento mucho, en serio. Quizá más adelante se pueda operar o hacer algunos trasplantes, pero ahora debes convivir con ello, hasta que las cosas cambien, se calmen un poco, y te puedan llevar a un centro especializado o bien... el cielo te restaure. Por lo pronto, será necesario que aprendan a comunicarse bajo estas circunstancias. Puedes vestirte también. Aquí te dejo tu nueva ropa. Tendrás que aprender a hacerlo todo de otra manera. Lo siento. Dadas las circunstancias, hicimos lo mejor que pudimos. Podrían haber perecido. Ahora deben disculparme, necesito retirarme.

Mi hermano comienza a llorar, pero no dice nada.

—Liam, querido. Te ayudaremos también. No te preocupes —dice Helmut al aproximarse a él.

46

La mañana se presenta lenta, desapacible, en *shock*, con el problema de tener que aceptar nuestra nueva realidad. Will y Helmut comienzan a enseñarnos distintos métodos para que podamos comunicarnos, pero no resulta sencillo. Es más fácil tratar con Briza; nos confirman que nuestra perrita se encuentra bien; ladra junto a Don, la mascota de Helmut.

Primero consideramos algunas pautas básicas para alimentarnos, movernos y relacionarnos. Luego el doctor Maller nos llama para organizar una reunión. Nos convoca en su amplio living para algo importante.

—Siéntense, por favor —dice Helmut con expresión seria.

—¿Qué ocurre ahora? —pregunta Liam intrigado, mientras tantea el lugar—. Seguro serán otras «buenas» noticias.

—Deben tratar de sacar provecho de estas circunstancias —acota Will—. Podría haber sido peor, ya lo dijo la doctora.

—Preferiría haber perecido —dice Liam.

—No te llegó la hora, hijo —afirma Will—. Por algo será.

—Hay un tema, una cuestión compleja, que necesitamos resolver pronto —dice Helmut al rascarse su barba blanca—. La situación es la siguiente: ustedes están mejor, eso es bueno, pero no pueden seguir aquí, los buscan. Varios acreedores andan detrás de ustedes; es por el tema de la casa, de la garantía. La propiedad tenía un valor antes... pero ahora es mucho menor, el terreno es todo lo que ha quedado. Por otro lado, se terminó la fecha para hacer el censo e incorporar esa estúpida aplicación del código, de ese invento o marca que ahora piden en todos lados. Sin ello, no podrán comprar ni vender nada, tampoco tendrán los permisos para movilizarse dentro de la zona.

—Dicen que no es obligatorio, pero sin ello no podrás pagar nada, tampoco tendrás accesos a lugares o servicios especiales —afirma Will—. No obstante, esto del censo y el código no serían el principal problema. Para el abastecimiento todavía funcionan los subsuelos de Megaverso. Además, tenemos otros recursos. El problema, el meollo de la cuestión, reside en que varios «peces gordos» los están buscando a ustedes dos. ¿Entienden? La gran deuda que tienen encima, de eso se trata.

—Pero ¿qué podemos hacer, entonces? ¿Tendremos que pagar y aplicarnos el código, esa patética necesidad? —pregunta Liam.

—Bueno, no es tan fácil. Si fuera solo la deuda de la casa, la pagaría con gusto, pero no es tan sencillo. Tienen un juicio —explica Helmut—; los peritos determinaron que el incendio fue intencional, con lo cual las pólizas actuales de seguros no cubren esos casos. Además, luego se vieron afectadas otras

viviendas linderas, parte de la cuadra y del vecin-
dario también. Respecto a las reglamentaciones
sanitarias, imposible, los atraparían al acercarse
a cualquier sucursal; además, al vencer los plazos
preestablecidos, hay que hacer un trámite especial
para solicitar una prórroga.

—De todos modos —dice Will—, con la situación
actual, todas las aseguradoras están quebradas.

—Esto es un desastre… —murmura Liam.

—¡Sí qué la has hecho bien, hijo! —acota Will
mientras Liam se desploma en el sillón.

—Y, ¿por qué también esto afecta a Luca? —pregunta Liam—. Yo podría entregarme para liberarlo
a él.

—Él es fiduciario contigo, es como si fuese tu so-
cio en estas cuestiones legales respecto a la casa y a
los daños ocasionados. ¿Me entiendes?

Un extraño pánico financiero me abruma, re-
vuelve mis entrañas. El peso infinito de los temores
aterriza sobre mis hombros mientras los bolsillos
vacíos de mi pantalón se escurren entre mis piernas
frías. Dan ganas de cerrar la boca para siempre; de
todos modos, no podría decir demasiado, aunque
pudiera; el tener una deuda tan grande es peor que
no haber nacido.

—La urgencia está en que no pueden quedarse
más aquí ni en ningún otro distrito cercano. Tienen
que salir de la Zona 4. Necesitan desaparecer del
mapa, no pueden usar nada, ninguna cosa que ge-
nere registros o brinde alguna mínima señal sobre
ustedes.

—Entonces… No podremos utilizar ningún servicio —dice Liam.

—Exacto. Eso es un problema en un mundo hipercontrolado, pero también puede ser una ventaja —dice el doctor.

—Es una gran ventaja no poder utilizar dispositivos, servicios ni entornos —acota Will—. Si estás fuera de los sistemas, podrás ser libre; no me refiero a ser libre del todo, pero un poco al menos, por un rato, hasta que tengas hambre, te aburras o alcances a esconderte.

—Pero ¿adónde iremos? —pregunta Liam.

—Estuve pensando al respecto, incluso hice ciertas pruebas —dice Helmut—. Ya tengo resuelto cómo salir de la Zona 4, la nuestra.

Levanto la mano y escribo algo. Se lo entrego a Helmut:

—¡La finca de Ardia! —exclama—. ¡Buena idea, querido Luca! No se me había ocurrido, pensé en hacerles una cabaña alejada dentro de la Zona 3, pero esto que propones será mucho mejor. Allí tendrán todo lo necesario y además podrán ayudar en las cosas del campo y todo eso.

—Un granjero... otra vez —dice Liam—. Bueno, no tengo más opciones...

—Mañana saldremos por el entubado del río Met —explica Helmut—. Las turbinas superiores están fuera de servicio como consecuencia del bajo nivel que tiene el agua en ese lugar; la sequía permitió que varios sectores fronterizos de la vieja central eléctrica quedaran inactivos.

—La naturaleza puede ser tu aliada o tu enemiga —acota el profesor.

—En este caso y contra todos los pronósticos, el clima y el destino nos benefician. Hice algunos intentos; logré pasar y regresar sin problemas —sigue explicando Helmut—. Eso sí, hay Droves y Z-pots por todos lados. Debemos ser muy cautelosos. Tendríamos que salir temprano, a la madrugada. Las fuerzas de seguridad están revisando casa por casa tratando de encontrarlos a ustedes y a otros más. No son los únicos en circunstancias complejas. Han organizado un operativo para capturar a todos los «rebeldes». No hay tiempo que perder.

Por la noche realizamos algunos preparativos para el viaje.

47

Antes de la salida del sol partimos en total silencio.

Escapar en las circunstancias actuales parece un desafío engorroso. A mí me resulta imposible hablar; Liam no ve cosa alguna. Quisiera tener una manera sencilla y fluida para poder decirle algo. Nos movemos usando una soga en común, la que empleó Helmut para rescatarnos del incendio, la misma que usaba Liam para golpear la puerta de mi pieza; la soga de Fabien. Con el doctor puedo usar señas y en ocasiones, cuando nos detenemos, escribir algo. La soga y unas pocas pertenencias que lleva Helmut es todo lo que ha quedado. Los bienes y la fortuna que teníamos en alimento para mascotas se perdieron con el incendio. Solo nos quedan grandes deudas en los balances de los acreedores y entidades; hemos hecho una contribución forzada, una donación desenfrenada para formar parte de la ignorancia. Ahora sí tendremos una verdadera causa contra la pobreza: empezaremos por la nuestra. Era tan simple, no se trataba de buscar más, sino de dar más; de hacer menos, pero mejor.

Logramos salir de la Zona 4 a través del entubado del río Met con bastante facilidad. La frontera es un área oscura y riesgosa que intentamos superar metro a metro, paso a paso prestando atención a cada movimiento que hacemos.

—El plan marcha a la perfección, muchachos —comenta Helmut al salir por una senda poco marcada, ya en la Zona 3, del otro lado.

—Creo que sí —dice Liam detrás del profesor, alineado con la soga. Por último, sigo yo.

El tiempo transcurre sin prisa hasta que un haz de luz roja oscila entre la maleza seca, no muy lejos de nuestra senda.

—¡Qué desgracia! Veníamos tan bien. Son los Z-pots. ¡Corramos! —ordena el doctor.

—¡Escucho algo! Un ruido lejano que parece venir hacia nosotros —acota Liam.

—Tus sentidos comienzan a agudizarse, eso es bueno —dice Helmut jadeando—. El problema es que son Droves, los Black Droves se aproximan. No estoy seguro si vienen por rutina o si nos han detectado. Tenemos una única oportunidad. ¡Es ahora o nunca! ¡Rápido!

Escuchamos pasos en la espesura. En realidad, lo que percibimos sobre el terreno se parece más a corridas; es un galope cercano que retumba sin pausa. En el aire el zumbido escandaloso se intensifica a cada instante. Corremos a campo traviesa desesperados por escapar. No podemos utilizar los caminos ni los accesos comunes. Somos unos fugitivos. Nuestras cabezas tienen un alto precio.

48

Helmut se detiene; busca sostenerse contra un árbol bajo; ya no tiene fuerzas. Liam apenas puede seguir. Estamos exhaustos. Los Z-pots y algunos Droves nos vienen siguiendo desde que salimos de la vieja central eléctrica, cuando escapamos por el entubado del río Met.

—No podré seguir; mi cuerpo no resiste más —dice el doctor con la respiración entrecortada.

—Helmut, descansa —expreso con señas.

—Es mejor que regreses —dice Liam.

—Me da mucha pena dejarlos así… acá, en la nada. Me doy cuenta de que no hice un buen trabajo con ustedes. Se han quedado sin padres, sin hogar, sin salud. Liam, ya no puedes ver; querido Luca, me da pena no escuchar tu voz. No he cumplido con el juramento que alguna vez le hice a sus padres; he fallado. En verdad, nunca quise tener hijos. Temía fracasar, temía perderlos algún día. Era un riesgo imponderable, un costo muy alto para mí. Y aparecieron ustedes. Se convirtieron en algo más que pacientes; pasaron de ser un legajo a ser parte de mi preocupación, de mi inquietud. ¡Lo lamento tanto! Ni vendiendo todos mis bienes alcanzaría para saldar la mitad de esa deuda que ahora pesa sobre ustedes. Me temo que no lograré llegar hasta la Finca de Ardia. Debo encontrar a Nel, Nel Bara para mejorar mis tratamientos, para que pueda tratar personalmente el caso de ustedes dos. Hasta donde sé, creo que es el único capaz de hacerlo.

—Has hecho bastante —comenta Liam tanteando con las manos un tronco caído con intenciones de sentarse.

Descansamos un rato mientras bebemos algo de agua.

—Soy un peso muerto para ustedes. Todavía tienen por delante una larga travesía. Regresaré para confundir a los Droves y a los Z-pots. Pero les dejaré la soga que nos ha mantenido unidos y algo más.

Helmut busca en su mochila. Saca primero todas sus pertenencias con cuidado, como si estuviera desenterrando algún tesoro.

—Aquí están, en el fondo. Son las notas de sus padres y el Libro Negro que pude rescatar de entre las cenizas aquel fatídico día del incendio; es uno de los textos originales encontrados por el explorador Tomás Dertonni en una zona alejada, en lo que alguna vez se conoció como «La Patagonia». Lo he puesto todo en este embalaje especial; es liviano y creo podrán llevarlo. Les corresponde a ustedes tenerlo de ahora en más. Si bien no pueden ver ni hablar, estoy seguro de que podrán comunicarse de alguna manera. Aprenderán rápido. Por las dudas, les comento que dentro del Libro Negro hay un mapa, un croquis sencillo en realidad, describe la senda que lleva al monte Numin, no tan lejos de aquí. Lo confeccionaron sus padres cuando eran jóvenes, solían recorrer estas zonas durante las vacaciones. Quizá les resulte de utilidad algún día, ¿quién sabe? Ahora debemos separarnos.

En silencio nos abrazamos durante unos segundos. No podemos volver atrás, nos buscan sin descanso.

Helmut resume algunas indicaciones para nuestro viaje. Recomienda que nos mantengamos en la senda que bordea el río Met, buscando sus nacientes, ya sea a derecha o izquierda, debemos seguir el río hacia arriba. Incluso cuando la traza desaparezca asegura que, en algún momento, tarde o temprano, la encontraremos. Guardo el manuscrito, un viejo *diskette* para almacenar información y el Libro Negro en mi mochila mientras Hemult comienza su regreso.

El día se presenta nublado y brumoso, parece triste. Quedamos solos. Bebemos un poco de agua mientras nuestro guía desaparece en un recodo del camino. Todavía falta mucho para llegar a la finca. Tal vez necesitemos uno o dos días, o más en nuestras condiciones; no lo sé con exactitud.

Continuamos a paso lento por un cañadón formado de rocas y tierra rojiza salpicado con arbustos de mediana altura, muy parecidos a los brezos, donde además el Met cursa en el fondo de una hondonada formando un pequeño delta de islas de arena rodeadas por riachos.

Cae la noche. El lugar podría resultar peligroso. Estamos expuestos a los Droves y Z-pots. A pocos metros, delante de nosotros, se distingue una ladera sedimentaria rodeada de plantas. Parece un buen lugar para descansar. No puedo hablarle a Liam, por eso avanzo primero y procuro guiarlo con la cuerda que nos une hasta lo que podría ser nuestro refugio nocturno.

—¿Qué ocurre, hermanito? —pregunta Liam—. Noto que has cambiado de dirección; la cuerda se siente tensa en un nuevo sentido. Ya no tenemos a Helmut para que sea nuestro «guía e intérprete». Por eso, debemos desarrollar un método básico de comunicación. Empecemos por la cuerda: se me ocurre que con un golpe o tirón es posible establecer «sí» o «de acuerdo»; dos tirones lo tomaremos como «no»; mientras que tres sacudidas seguidas las harás en situaciones de «peligro». Por otro lado, cuando no estemos en movimiento, podrías escribir en mis manos o en mi frente algunas palabras. Luego agregaremos más términos a nuestro *vocabulario sogueano*.

—De acuerdo —expreso con un tirón.

—Así me gusta. Hemos inventado un nuevo lenguaje con nuestra soga. Ya vendrán algún día filólogos como Elwin Ransom a estudiar lo que hemos inventado, lo que hemos querido decir. Elaborarán un tratado lingüístico específico para que perdure por generaciones, será algo así como *Introducción al idioma sogueano*, *Breve diccionario a nuestra lengua del idioma sogueano* o *Tesauro de términos sogueanos*.

Liam todavía está de humor a pesar de la situación por la que atravesamos. Eso parece ser algo bueno, siempre y cuando no termine en locura.

49

Ha pasado el día. Descansamos al llegar a la roca sedimentaria. Hago un discreto fuego para calentarnos en el desierto nocturno. Logramos acomodarnos. Muy cerca nos aseamos en un riacho del Met.

—Tengo algunas galletas que trajimos de la casa de Helmut —dice Liam al sacar un paquete de su mochila—. Es muy extraño todo esto que nos pasa. Hechos imprevistos; todo parece muy trágico, doloroso. ¡Cómo han cambiado las cosas en tan poco tiempo!

La fogata toma vigor mientras Liam hace comentarios sobre la manera en que podríamos entendernos mejor, agregando así algunos términos a nuestro método. Luego deja de hablar. Una extraña quietud sin ruidos se presenta. Un momento sin palabras ni imágenes acontece. El presente parece un poco más soportable, menos incómodo, más llevadero; después de todo, estar aquí y ahora es la única opción que tenemos; un presente escurridizo dispuesto entre ilusiones futuras y viejos temores.

De pronto, mientras descansamos en un estado de sopor y relajación, surgen ruidos intermitentes, como de pisadas que cortan el silencio nocturno.

—¿Escuchaste, Luca? ¡Deben ser los Z-pots; nos buscan! Parecen zancadas de alguna bestia, de algún animal cuadrúpedo. Seguro son ellos. ¡Apaga el fuego!

Los pasos se escuchan lejos. En algunas ocasiones se perciben esporádicos, en otras continuos. Se originan en ritmos que hacen pensar en tres o cuatro visitantes desconocidos, quizá más. El roce sigiloso de guijarros que cubren el lecho de la hondonada persiste en ecos dentro del cañadón. Algo o alguien se mueve alrededor. Retumba su avance como una presencia inevitable.

—¡Luca, asegúrate de apagar bien la fogata! Salgamos hacia otro lugar. Dame la soga y busca algún sitio donde podamos protegernos.

Nos enlazamos y caminamos con cuidado, necesitamos un refugio más seguro para poder descansar.

Me cuesta encontrar figuras en la noche. A tientas logramos avanzar entre los arbustos y las rocas dispersas. Es difícil distinguir los tonos oscuros aquí y allá. Recién ahora empiezo a comprender lo que debe estar viviendo Liam.

«¡Pobre mi hermano! —pienso preocupado—. No puede ver ni interpretar nada con sus ojos. Imágenes sin figuras claras. No hay colores ni de día ni de noche para él, espectros siempre de noche. Ninguna luz llega a nosotros. Somos expertos en sombras».

Transitamos en una penumbra que no cesa. Los pasos de las bestias se escuchan un poco más cerca.

—¡Peligro! —expreso con tres sacudidas fuertes de soga.

—¡Lo sé! ¡Apresúrate! —ordena Liam en voz baja—. Escucho algo detrás de nosotros. Me acercaré un poco más a tu nudo, así podremos ir más rápido.

Corremos entre las piedras afiladas y los arbustos secos. Siento un ardor en las rodillas, también en los tobillos, pero debo seguir un poco más. Nos internamos en una especie de túnel oscuro formado de plantas espinosas. La senda termina en un pozo amplio, poco profundo, donde nos detenemos.

Los pasos, las pisadas de las bestias, cesan. Esos Z-pots podrían dañarnos en cuestión de segundos empleando sus garras y fauces metálicas. Nuestra piel sería desgarrada, nuestros huesos terminarían cortados como lo hace una guillotina. También es posible que empleen algunas de sus armas inteligentes; terminaríamos quemados (más quemados que ahora) o muertos (menos vivos aún). O, lo peor de todo, nos llevarían cautivos hasta algún sitio especial para que alguna autoridad desconocida nos interrogue, nos torture con nuevos servicios y demandas. Buscarán información, datos, la materia prima más valiosa hoy en día; querrán también nuestro silencio, que no hablemos ni divulguemos anormalidades o desvíos respecto a sus invenciones. Nos pedirán que no salgamos de la curva de la normalidad. Argumentarán que nos rescataron; porque nadie puede salir de su zona y regresar igual. Luego querrán que paguemos los daños del incendio, las deudas de Liam. Nos pedirán que cumplamos con la más valiosa de todas las monedas; aceptarán nuestro pago en especie, en cuotas ajustables; pedirán nuestro tiempo, querrán nuestras almas. Pretenderán que hagamos esto o aquello únicamente a través de algún sistema mediocre, que permanezcamos durante días, semanas y años con nuevos servicios o entretenimientos.

—¡Hermanito! —susurra Liam en voz muy baja—. No me dejes. Terminemos juntos este viaje, de alguna manera. Si yo pudiera ver, si tú pudieras hablar, sería sin duda mucho más fácil…. Ha sido mi culpa.

Liam comienza a sollozar. Escucho su voz muy triste. No veo bien en la oscuridad, pero es probable que alguna lágrima esté recorriendo el rostro de mi hermano ahora. Tomo sus manos, las uno y comienzo a escribir algunas palabras en ellas; son frases cortas en sus palmas.

—No me iré —escribo primero.

—Gracias. Lo sé. Es que no puedo perdonarme lo que hice, lo que ocurrió —sigue hablando en susurros—. Perdimos… perdí todo, Luca. Primero fueron papá y mamá. Luego mis vicios; creí que me había recuperado. Comencé de a poco; me fui metiendo en cosas sin sentido. Erré al blanco y me costó caro. Me rifé lo que tenía buscando un horizonte movedizo, que permanecía siempre a la distancia, lejano, sin importar lo que hiciera o dejara de hacer.

—Anímate igual —escribo en sus manos.

—Es que, eso no fue todo, continué derrochando. Me fui alejando también de Inge. Creí en ilusiones, en mitos tecnológicos que luego resultaron dañinos, en cosas que no conducen a nada útil. Me dejé ganar por la pereza, por el desánimo. Fue así que ni siquiera hice tiempo para cultivar el amor. Primero dejé de hablarme con Inge. La visité con menos frecuencia. Enfríe nuestra relación. No lo sé, luego pasó lo de sus padres, ella se dedicó a su trabajo y yo a mis estupideces, a proyectos dormidos que nunca despertaron. Hasta que al final la perdí, desapareció; se fue o se la llevaron. Inge, ¿en qué lugares andará? Si ella al menos respirara... si pudiera verla una vez más... Abandoné el amor, he sido un necio.

—La encontrarás —pongo en sus manos.

—Tampoco hice lugar para los amigos. Presté atención a mis obsesiones. No dejé lugares abiertos para nadie. Cerré todas las puertas. Miré desde arriba a todos, comencé a pensar mal, a juzgar cosas que no se juzgan; acusé y fui acusado. Y entonces también perdí a mis amigos, mis otros amores.

—Volverán —escribo en sus palmas.

—Lo mío es patético, Luca. El impulso por llegar más allá, por adquirir, por jugar juegos que no comprendía bien, me terminó consumiendo el tiempo, las energías y los ahorros de toda una vida de papá y mamá. Me creía un experto, más brillante que los demás, más inteligente que los sistemas y que el mercado. Fue así que me jugué todo... y lo perdí todo.

—Estaremos bien —escribo.

—Es que... No solo descuidé nuestra casa —comienza a decir quebrado—. Perdimos nuestro lugar, nuestro hogar, o lo que quedaba de él. Aposté fuerte, me endeudé sin sentido; puse todo en las fichas equivocadas. Si en vez de ello al menos hubiera invertido en nuevas bicicletas o en herramientas para hacer algo con nuestras manos, hoy sería todo diferente. También podría haber comprado regalos para Inge y para los amigos o más raciones y semillas, cuando abundaban. Un pequeño Drove; sí, hasta para eso teníamos dinero. O tal vez, si hubiera regalado esa plata, habría resultado de ayuda para alguien... y hoy podría ver.

—Ya pasó —anoto.

—Por mi culpa nos transformamos en refugiados, en perseguidos; por no aplicar la ley de la duda ante las modas pasajeras.

—No podemos volver atrás —escribo.

—Temo que estemos cada vez peor, Luca, hermanito.

—No puedes volver atrás —vuelvo a escribir.

—Antes de perder la vista, antes de que todo fuese fuego y oscuridad, mis ilusiones, mis avaricias me cegaron primero. Antes de mi infierno...

No encuentro palabras frente a la locura.

50

Poco antes del amanecer, en el momento justo en el que el paisaje comienza a dibujar formas con sombras y sale de la oscuridad total, Liam decide salir de nuestro escondite. Parece otro acto sin sentido, como cuando prendió fuego nuestra casa. Está resuelto a dejarse atrapar o a enfrentar a los Z-pots.

—¡Aquí, aquí! ¡Vengan a mí que estoy solo! —grita al escapar del refugio, tanteando los arbustos, desplazándose de un lado a otro hasta que desaparece de mi vista, entre las sombras.

La situación es desesperante. No sé qué hacer: si quedarme en el sitio donde estoy, oculto entre los brezos, o salir tras él para matarlo antes que lo hagan los Z-pots. Parece más seguro quedarse, pero le hice una promesa a Liam; él es mi hermano.

Decido abandonar el lugar.

Camino entre penumbras. A lo lejos escucho a Liam, también se oye el avance de las bestias. Quisiera gritar, poder llamarlo, decirle que me espere, pero es imposible. No tengo voz, no tengo la soga que nos comunica, que nos une. Sus manos, su frente están fuera de mi alcance.

«¿Cómo podré decirle que me espere, que sigamos juntos, que la locura también se comparte?».

Apuro mi marcha para alcanzar a Liam. Busco seguir su voz, su clamor en el final de la noche:

—¿Qué esperan míseros robots, bestias inteligentes y estúpidas? ¡Aquí estoy! ¿Acaso no pueden verme?

Corro entre las matas en dirección a los gritos de Liam. El paisaje muestra algunas figuras. El sol sigue oculto, pero se despierta a los lejos. Corro con todas mis fuerzas rumbo a la costa del río Met, hacia donde creo escucharlo a mi hermano, donde también las pisadas, los pasos y las bestias parecen confluir. El universo se dirige hacia allí.

Al entrar en la ribera la senda cae en una pendiente pronunciada; se vuelve irregular; pierdo el equilibrio; tropiezo con algo que no alcanzo a ver y caigo contra una roca oscura, dura como el hierro.

Estoy tendido en las piedras, a metros de Liam. Él se aproxima tanteando su paso y gritando; parece una sombra lenta que apenas distingo. Llega y me toma la cabeza con sus manos. El golpe me aturde. Me duele la frente, siento un hilo que desciende y recorre mi rostro como un río, como el Met, como ese curso que seguimos desde que partimos de casa. Imágenes rápidas, resumidas y confusas se presentan: papá y mamá hablando entre sí; la mesa con amigos; Vanessa, mi viejo amor, e Inge riendo juntas; varios doctores frente a las cápsulas de nuestros padres internados; un discurso de Diamond Leiter; la primera salida en bicicleta; yo como un niño frente a un mar o al Met cuando fluía más ancho y vivo. Y la voz y el aroma de Ardia.

Del otro lado del río, en la margen más lejana, opuesta, las sombras ya no son figuras oscuras, sino matas verdes; el agua es cristalina, más clara que nunca. Con los primeros rayos de luz aparecen las bestias, pero son más altas que los Z-pots, más apacibles también. No lucen metálicas, sintéticas, ni de igual inteligencia, sino que beben y pastan; parecen caballos que salen en el crepúsculo, van saliendo de a uno. Luego nos miran y se detienen junto al Met. Descansan allí, del otro lado del curso.

Mis ojos se cierran, me pesan tanto como las manos y los pies. El golpe ha sido fuerte. Estoy mareado, sin fuerzas. Todo se vuelve oscuro, ya sin sentido. Temo desfallecer pronto.

La vida parece estar bajo control, salvo a partir del momento en que dejamos de vivir. Me abandono, renuncio a mí mismo, a lo que conozco.

—¡Luca, no te vayas, hermanito! —clama Liam—. ¡Todo es mi culpa; mi destino de culpa y errores no parece terminar nunca! Si te vas, me iré también...

Siento algo alrededor de mi cabeza. Parece una venda improvisada con alguna prenda de vestir. Se siente pesada y húmeda.

—Bebe agua fresca, te hará bien —dice al buscar mis labios con su botella—. No te duermas, hermanito. Tropezaste, has caído contra algo afilado aquí cerca. Te golpeaste fuerte; noto un corte en tu frente. Te puse una media como venda. Necesitamos mantenernos alertas, despiertos. No te dejaré ir, si lo haces, partiré contigo.

—Calma —escribo en su frente.

—Permaneceremos quietos un rato más, hasta que te sientas mejor. Nos quedaremos aquí, junto al Met. No tenemos más opción. Es necesario que la herida que estuve palpando deje de sangrar. ¡No te duermas, no cierres los ojos por nada del mundo, te lo ruego, Luca! —exclama al tocar mis ojos.

—Bueno —pongo ahora en sus manos.

—¡No puedes dormirte; no te vayas! No puedes hacer como hicieron… papá y mamá; como hicieron… Inge, Li, Carol, Jeremy, Eva, Londy, Rein, Vanessa… y tantos otros.

—Estaré mejor —anoto casi sin fuerzas.

—Tu herida en la frente la percibo muy abierta e inflamada. Pero ¿por qué me has seguido?

—Porque eres mi hermano —escribo.

—Si al menos hubieran salido pronto esos estúpidos Z-pots, todo habría terminado para mí y vos estarías bien, seguro en el refugio.

—Son caballos —aclaro en su frente.

—¿Caballos? No comprendo.

—Sí, caballos —vuelvo a escribir.

Se escucha un relincho del otro lado del río; pisadas y luego otro paso más suave, apenas perceptible, traído por el viento, por una brisa temprana que se levanta con el día.

51

La mañana se presenta con una luz que crece desde lejos, recostada. Nace un resplandor inicial mientras el agua corre cerca de nosotros, como en ritmos, sin necesidad de fin. Vivimos penas, aunque parece como si el tiempo no transcurriese entre nosotros, como una pausa sin mucho dolor, sin prisa alguna por escapar o concluir algo.

Y veo que surgen más caballos entre las matas; unos seis o siete en total, todos hermosos, todos distintos. Parecen mirarnos por un instante. Se mueven por la costa, uno detrás del otro. Se escucha el ritmo de su galope; ya sin temor vadean contracorriente una parte baja. Van hacia algo, hacia algún lugar común; decididos no se detienen. Enfilan hacia donde el río es más rápido y se divide en dos a partir de una gran roca a la que todavía no hemos llegado. Se internan río arriba en un paisaje nuevo. Surge entonces una figura que parece humana, una persona que a los lejos camina sobre esa mole que descansa en medio del río ágil, inquieto. Parece haber un antes y un después de ese lugar, porque desde ese punto todo luce un poco más verde, frondoso y vivo, sin desierto como el que hemos transitado.

Todavía respiro y puedo ver. La figura sobre la gran roca desciende, se hace de pronto más pequeña, desaparece por un instante.

Los caballos vuelven a vadear el río, cruzan hacia nuestra margen, justo allí donde la presencia, esa persona, resurge y viene hacia nosotros. La forma del paisaje río arriba genera siluetas particulares, las sombras y luces de la mañana producen efectos extraños. Quizá las consecuencias del golpe me hayan dispuesto a una situación especial, pero la impresión es como la de algo muy grande haciéndose pequeño y luego volviendo a crecer; o mejor dicho, volviéndose a levantar y a aproximarse, al principio sin clara nitidez, pero luego tornándose cada vez más evidente.

La persona camina hacia nosotros. Las bestias, cada uno de los caballos, húmedos, vigorosos, apacibles, fuertes, también se aproximan.

Pienso que tal vez resulte cierto aquello que nos han contado sobre el mito de mitos, el del hombre que cría seres salvajes, el que nunca va solo por las montañas. Ese dueño de los lugares poco explorados y peligrosos de las zonas olvidadas, ese a quien alguna vez llamaron Arniom, el Buscador de los Caballos Perdidos; ese quien ahora parece acercarse.

—Escucho las bestias otra vez —dice Liam preocupado—. Luca, ¿qué ocurre?, ¿qué puedes ver?

—Alguien viene —escribo en su frente.

—No comprendo.

—Él viene.

—¿Es Helmut, ha regresado?

—No —anoto.

—¡Dime, por favor, que no puedo ver! ¿Parece peligroso? —pregunta mi hermano, desesperado.

—Tal vez —pongo ahora en sus manos.

—¡Es mejor que volvamos a escondernos! —dice Liam con temor.

—Ya es tarde. Nos vio —dejo en sus palmas.

—Pero ¿si pretende hacernos daño?

—Ya estamos… dañados… —escribo.

—¡No me dejes, hermanito! ¡No te vayas ahora! Tu herida y… no sé quién viene a nosotros.

La persona se acerca. Alrededor de nosotros se ubican los caballos. Se detienen muy cerca.

Liam me abraza con temor y comienza a llorar desesperado. Apenas veo y respiro sobre su hombro derecho. Siento sus gemidos entrecortados contra mi pecho. Todavía percibo el hilo de sangre que cae de mi frente, gota a gota.

Él, ese que parece ser Arniom, se aproxima. Agarra una piedra oscura que descansa al sol de la mañana; es del tamaño de una mano, muy negra, opaca y plana, como gastada por el tiempo; la apoya sobre mi frente; reposa por unos instantes; siento su calor. Se aparta unos pasos; trae otra roca blanca del río. Esta última es fría, untada con hojas frescas que acarician mi frente.

Luego no veo ni percibo más nada.

52

Abro mis ojos. No comprendo bien lo que ocurre.

—¿Quién está aquí, cerca de nosotros? —pregunta Liam.

—Es... creo que... Es Arniom... —hablo por primera vez, entrecortado y en voz baja.

—¡Puedes hablar, hermanito!

—Sí... ahora... puedo hablar.

—¡Tu voz; ha vuelto tu voz! Aunque la noto distinta, parece nueva y más calma que antes.

—Puede ser... Siento que vuelve a fluir... Cada vez más, de una manera distinta, natural.

—Y, ¡tu herida, comienza a cicatrizar! —exclama Liam—. Parece que ha sanado. Dices que ha venido Arniom y sus caballos, pero ¿dónde está él?

—Él está aquí... haciendo fuego sobre la roca con la cual me lastimé... Alrededor están sus caballos.

—Escucho varios animales y un calor cercano que se aviva. ¿Quién eres tú que prendes el fuego y traes caballos de lejos? —pregunta Liam, asustado.

Él, la persona que está parada junto a nosotros, se aproxima otra vez. Trae un poco de agua fresca y algo de comer.

—No tengan miedo. Han estado escapando de mí y de mis caballos —dice con voz decidida—. He intentado alcanzarlos desde que ingresaron al cañadón y aun antes, pero no han dejado de huir. Ahora vengan a desayunar.

—¿Eres Arniom, el Buscador de los Caballos Perdidos? ¿Cuál es tu verdadero nombre? —pregunto con mi nueva voz que ahora surge de manera espontánea—. Además, eres bastante joven, como nosotros, quizá tengas algunos años más.

Él toma uno de los caballos más grandes, acaricia sus crines y responde:

—Me dicen Arniom por aquí, pero en tu ciudad, en lo que queda de ella, algunos me conocen como Nel... Nel Bara.

Permanecemos en silencio por un breve lapso.

—Pero... entonces, todos esos mitos... son ciertos —se me ocurre—. Tratan de lo mismo, de la misma persona.

—¿Qué debemos hacer? —pregunta Liam cabizbajo—. Nos persiguen los Z-pots. Nos buscan los Droves.

—Lo único que tienen que hacer ahora es creer y confiar. Conozco estos lugares. He pasado por aquí una y mil veces. También sé de dónde viene cada uno de ustedes.

—¡*El Mito Verdadero* de Oxy-Moron y el profesor Jack! —digo sorprendido—. Nel Bara, el doctor amigo de Helmut; la leyenda de Arniom que nos contaron Ardia y Fabien. Ahora comprendo... Es la historia universal más asombrosa, como la semilla que debe morir para regresar en muchas espigas.

Descansamos en la fogata.

Una gracia única y valiosa nos manifiesta que ya no estamos perdidos ni solos, que ya no vivimos a merced de nuestras locuras e infiernos buscados. Gracias al cielo comenzamos a estar mejor.

De pronto, un fracaso tras otro, todos los mundos y hasta cada hecho pequeño, comienzan a tener algún sentido.

Nel, al ver que Liam sigue todavía preocupado, deja la fogata y se acerca hasta él.

—Pongan todo lo que tienen sobre mis caballos; ellos son fuertes, podrán llevarlos incluso por lugares peligrosos e impensados. No teman a los Z-pots ni a cosa alguna. Además, el poder, las invenciones, toda magia cumple su tiempo... son fantasías pesadas, difíciles de mantener. Pero las palabras, como los caballos, son livianas y están vivas, resultan útiles cuando llevan alguna verdad seguida de acción. Las palabras unidas brindan sentido, producen efectos en el corazón y mueven el universo.

—Pero ¿a dónde iremos? —pregunta Liam.

Él toma otro de sus potros, como dirigiéndose también al animal, y dice:

—Amigos. No sigan en aquello que no sirve para nada. Porque si siguen tras lo que nada vale, en nada se convertirán.

—¿Qué podemos hacer entonces? —vuelve a preguntar mi hermano.

—Están a salvo de ustedes mismos. No necesitan hacer algo especial. Pero pueden comenzar por algo: por conocerse mejor y perdonar; y perdonarse... Ahora descansen; mañana continuaremos.

—Luca; no sé si es mi imaginación, pero ¿qué ves?

Abro mis ojos, casi dormido, y le digo:

—Contemplo un cielo que se cae de estrellas; justo encima nuestro aparecen dos puntos muy brillantes entre miles.

—Gracias, gracias. Es justo lo que estoy empezando a ver.

APÉNDICE DE LOS LIBROS DEL ANTHROPODION

Elementos, términos y algunos nombres aplicados en la serie

Acreioo «Hacer inútil», o también «se hicieron inútiles» (del gr.). Podría leerse «que hace inútiles»; véase también *Servicio Acreioo*.

Algona Light Bebida Antideshidratante elaborada a partir de algas sintéticas, edulcorante de maíz NNBT24, soja NNRR24 y dióxido de carbono.

Anthropodion Registros que lleva Luca Green. Se compone de crónicas que abarcan desde los Días Recientes y hasta los Días Últimos. Algunas crónicas o episodios principales son relatos en vivo, mientras otros parecen compendios sobre hechos pasados. Mucho de este material es inédito, aunque hay hechos y otros textos que quizá coincidan, por pura casualidad, con esta colección.

Ardia Esposa de Fabien y administradora de su finca; madre de Elfis. El significado de este nombre denota «lugar especial», «naturaleza», «hogar».

Asamblea General de Zonas Ente supremo, gobierno común, que ejerce el poder sobre todas las zonas y distritos habitables.

Banco de Germoplasma Espacio o lugar acondicionado cuyo propósito es conservar la diversidad genética proveniente de especies vegetales.

BLOAT24 Fermento estándar a partir del cual se produce pan negro.

Censo Ambiental y Sanitario de Poblaciones Disposición promovida y organizada por la Asamblea General de Zonas.

Centro de Bioinformática Institución de tercer grado orientada a la modelación de sistemas biológicos, el desarrollo de biomoléculas y la predicción del comportamiento de estructuras biológicas, entre otras funciones. Es el ámbito donde trabaja Inge Williams.

Centro de Salud y Bienestar Sitio de monitoreo e internación de carácter masivo y automatizado. Pertenece al instituto Katheudo.

Código Katheudo Innovación que se aplica a toda persona durante el Censo Ambiental y Sanitario de Poblaciones. La primera versión del código desarrollado por Katheudo se hizo bajo la nomenclatura sanitaria REVAP1316; denominado también «código Katheudo», aunque se lo conoce con otros nombres, como K-Boom entre algunos jóvenes.

Complejo Hybris Desarrollo inmobiliario y tecnológico de envergadura que adopta el diseño y la estructura de una pirámide o montaña. Cada complejo es en sí mismo una ciudad o nueva comunidad; también llamada Ciudad Hybris. Estas construcciones fueron realizadas en una misma época bajo la dirección de Hetep Barren IV; véase también *Hybris*, *Proyecto Hybris*.

Distrito Fracción menor de una zona; cada zona tiene entre veinte y treinta distritos.

Distrito Principal Capital o centro organizativo de una zona. Cada zona tiene entre veinte y treinta distritos, donde uno de ellos, el centro geográfico o lugar estratégico, suele ser el Distrito Principal.

Dolioo Moneda universal, única y digital propuesta por el instituto Katheudo para ser utilizada en todas las zonas y distritos habitables. Del gr. *Dolioo* «seducir, engañar».

Droves Vehículos autónomos utilizado para el transporte de personas y mercancías; se mencionan diversos modelos según prestaciones y usos. La diferencia con sus antecesores, los drones, está dada por su sistema de propulsión, su diseño, así como por la versatilidad de aplicaciones posibles. Los

Black Droves constituyen una serie especial, fabricada para control poblacional y sanitario; son los más equipados y de dimensiones considerables.

Dunam Burro de Ardia y Fabien. Nombre que proviene del gr. *dunamis* «fuerza».

Elfis Hijo de Ardia y Fabien. Nombre derivado del gr. *elpis* «esperanza favorable y confiada»; en ocasiones tiene que ver con lo invisible.

Enocos Proyecto Fitogenético del instituto Katheudo. Adjetivo del gr. «mantenido dentro»; se traduce «expuesto al infierno».

FINAL Ente de regulación financiera interzonal.

Genobara Término aplicado por el doctor Helmut Maller y su amigo, el escritor William Steve Leving, para designar a los tratamientos o métodos aplicados por Nel Bara y su padre.

Genocodex Desarrollos patentados por el instituto Katheudo para ser aplicados en ocasión de censos poblacionales recientes.

Hybris «Desmesura, orgullo, arrogancia» (del gr.), implica transgresión de los límites sin sentido o necesidad alguna; véase también *Hybris Group, Proyecto Hybris, Complejo Hybris*.

Hybris Group Conglomerado de empresas que fueron rescatadas de la bancarrota bajo la denominación de Stolz Group, renombrada con posterioridad como Hybris Group. Este último fue el conglomerado encargado de ejecutar el Proyecto Hybris. La dirección del grupo estuvo a cargo de Hetep Barren IV.

Instituto Katheudo Institución de primer grado; junto a Hybris Group, constituye el brazo principal de la Asamblea General de Zonas; su función es la gestión de diversos centros tecnológicos y de salud; véase *Katheudo*, *Hybris Group*.

Jack, profesor Apodo de C. S. Lewis. Deben tomarse como referencias y citas alegóricas de dicho autor en diversas obras y exposiciones de su autoría. Ver en *Algunas fuentes: inspiraciones y referencias*.

Jupom Burro de Ardia y Fabien. Nombre que proviene de gr. *jupomone* «paciencia».

K-Boom Véase Código Katheudo.

Kakoo Lease «que hace daño» (del gr.); véase también *Servicio Kakoo*.

Katheudo «Ir a dormir o estar dormido» (del gr.); véase también instituto Katheudo, Código Katheudo.

Lorem Ipsum Se atribuye al texto sin sentido específico que incluye algunas palabras en pseudolatín y que es incluido en programas informáticos con el propósito de rellenar espacios para luego ser editados. Algo incompleto también.

Maridage Servicio con el cual se gestiona el certificado de *Unión Formal* entre dos personas.

Máximoon proyecto de colonización de la Luna impulsado por Diamond Leiter.

Megaverso Mercado de bienes reales situado en las profundidades de la empresa tecnológica *Megaverso Solutions Inc.*

Merimna «Afán, ansiedad, preocupación» (del gr.); véase también *Servicio Merimna.*

Met Río principal y único que nace en las montañas de la Zona 1 y atraviesa la Zona 4. Del heb. «verdad, derecho, fiel».

Microchipping Antiguo método sanitario de carácter masivo para censar y controlar poblaciones animales y humanas.

Nel Bara Hijo del Señor Bara. De profesión doctor; su pasión es el arte, la creación.

NNBT24 Sopa de maíz. Maíz transgénico molido e hidratado en agua tibia para formar un caldo espeso.

NNRR24 Emulsión a base de granos de soja transgénicos que ha sido sometida a un proceso de deshidratación para formar pequeñas hamburguesas de entre cinco y seis centímetros de diámetro.

Nuevo Calendario Universal Acuerdo interzonal establecido para unificar la organización de la vida con los períodos fiscales y contables. Fue recibido con gran aceptación por los muchos usuarios; solo algunos artistas jóvenes y viejos científicos se opusieron.

Oxy-Moron Dupla integrada por Oxy Gont y Bill Moron. Formaron parte de la última generación comprometida con el arte y el conocimiento; compusieron durante décadas piezas musicales, obras de teatro, poemas, relatos, guiones, pinturas y artículos científicos. Se caracterizaban por crear obras junto a reconocidos artistas y profesionales. Nunca creaban en soledad, no podían. Tampoco trabajaban por dinero o para hacer negocios; vivían del ocio creativo y de la voluntad de la gente. Sus colecciones quedaron dispersas por muchas zonas, algunas de las más valiosas se perdieron, aunque quedan esparcidos ciertos conocimientos también en la tradición oral. No tuvieron programas especiales ni campañas de marketing; fueron originales y famosos sin buscarlo.

PAGAR Programa de Administración y Gestión de Alimentos por Raciones. Política alimentaria de primera necesidad, de máxima urgencia, que abarca a todas las zonas administradas, estrato social, sexo, edad, especie y raza. Decreto publicado por la Administración General de Zonas.

Paul F. Referencia a Paul Feyerabend.

PPOT24 Ración de 50 gramos de papas verdes fritas producidas en laboratorios gastronómicos.

Profesor Jack. Ver Jack, profesor.

Proyecto Hybris Mega plan de pospandemia gestado para reactivar la economía. El primero de estos planes se originó en el siglo anterior, al finalizar «La Guerra del Canto y la Serpiente». El Mega plan consistió en desarrollar treinta y ocho grandes construcciones, una en cada Distritito Principal, en cada una de las zonas habitables. El proyecto original estuvo a cargo de Hetep Barren IV.

Servicio Acreioo Solución educativa para la formación de niños y jóvenes; véase *Acreioo.*

Servicio Kakoo Solución financiera que integra todas las transacciones de bienes y servicios conocidos; véase *Kakoo.*

Servicio Merimna Servicio gubernamental que asigna turnos en comedores según sea la disponibilidad de raciones y el nivel de suministro energético en cada distrito; véase *Merimna.*

Síndrome Exaporeo Enfermedad de orígenes diversos que causa desesperación, carácter negativo, pérdida de esperanza, depresión, trastornos alimenticios e incluso puede llevar a estados permanentes de locura. Se presentaron casos en puestos laborales e institucionales sujetos a una excesiva responsabilidad y a jornadas de trabajo prolongadas. Los primeros estudios indicaron que ciertos pacientes comenzaron sus síntomas a partir de hechos inesperados, fuera de su control o previsión. Los cuadros clínicos en estado de shock o alucinación son frecuentes en casos donde el afectado no puede afrontar, cambiar o aceptar su realidad. Síndrome pocas veces reversible, de carácter crónico.

Tiempo Universal Único y Simplificado (TUUS) Resolución metavérsica llevada a cabo junto con la implementación del Nuevo Calendario Universal. Desde entonces rige la misma hora para todas las zonas habitadas y conectadas.

Unión Formal Certificado de unión entre dos personas. Trámite administrativo y legal que se gestiona por medio del servicio *Maridage*.

Zona División llevada a cabo luego del período de grandes pandemias. Tuvo el apoyo de la mitad más uno de la población mundial. A partir de entonces el mundo fue organizado en treinta y nueve zonas; todas, salvo una, tienen el mismo horario o TUUS (Tiempo Universal Único y Simplificado). Treinta y ocho zonas, de las treinta y nueve totales, se encuentran administradas por la Asamblea General de Zonas, un ente común, un gobierno mixto, el cual ha reunificado los antiguos países en zonas.

Z-pots Robots cuadrúpedos destinados a trabajos domésticos, industriales y de monitoreo. Los Leo

Z-pots son la última versión de las viejas máquinas autómatas del siglo anterior. El instituto Katheudo, por medio de Hybris Group, compró las patentes y los desarrollos de la empresa que produjo estos primeros robots.

Algunas fuentes: inspiraciones y referencias

De Arniom, diálogos finales. Uno de ellos inspirado en el libro de Jeremías 2:5b.

De Elwin Ransom. Personaje de ficción en Trilogía Cósmica de C. S. Lewis; de profesión filólogo y miembro de un college de Cambridge.

De Paul F. Referencia a Paul Feyerabend, *Filosofía Natural*, *Contra el Método*.

De Ardia y Fabien. El autor no puede precisar con total certeza cada frase incorporada en la obra por tratarse de resúmenes previamente incluidos en cuadernos de notas personales y por tratarse de un formato de ficción; no obstante, obras de Eugene H. Peterson han sido de inspiración. Ciertos diálogos y explicaciones incluidas en los personajes Ardia y Fabien podrían contener elementos alegóricos de *Corre con los Caballos* y *Una Obediencia Larga en la Misma Dirección*, además de conferencias del mencionado autor.

De Ardia y Fabien. *El Sabio*, entiéndase atribuido a «Salomón», libro de *Eclesiastés* y de los *Proverbios*.

De Jack, profesor; apodo de C. S. Lewis. Referencias y citas alegóricas de dicho autor en diversas obras y exposiciones; contiene elementos que han sido de inspiración en *Mero Cristianismo, El Problema del Dolor, Crónicas de Narnia (El león, la bruja y el ropero), On Stories: And Other Essays on Literature*. Las referencias se incluyen entre comillas angulares al mencionarse el personaje *profesor Jack*.

De términos griegos y hebreos, o que derivan de: consultar diccionario Vine, entre otros. *Vine's Complete Expository Dictionary of Old and New Testament Words*.

Un viejo Proverbio: *Jamás el justo fracasará*. Proverbios 10:30a. La Biblia Dios Habla Hoy. SBU 1996.

De los personajes
Meras coincidencias con cualquier hecho o persona real.

G.A. CHINNI
KATHEUDO
CORAZONES VIRTUALES
Cuando
El problema
Es la realidad
ANTHROPODION I
Tahiel
EDICIONES

Para más información sobre próximos proyectos, avances e información del autor, visita la web

gachinni.com

PUBLICACIONES DE G. A. CHINNI

En esta sección se incluyen libros, artículos, notas y producciones audiovisuales realizadas.

LIBROS

Katheudo: corazones virtuales. (Anthropodion I). Ciudad de Buenos Aires. Tahiel Ediciones, 2023. Págs. 260. ISBN 978-987-758-745-6.

Glaciares de la Patagonia. Buenos Aires: Zagier & Urruty Pubns. 2007. Págs. 224. ISBN 978-9872232917.

Glaciares del Lago Argentino & El Chalten. Ciudad de Buenos Aires: Zagier & Urruty Pubns. 2007. Págs. 160. ISBN 978-1879568587.

Encuentros en la Patagonia: Viaje a los Campos de Hielo. Ciudad de Buenos Aires: Dunken 2004. Págs. 150. ISBN 987-02-0474-0 Amazon, 2013.

PRODUCCIÓN AUDIOVISUAL O MULTIMEDIA

Film documental. Crónica de una ruptura: Perito Moreno & Glaciares Patagónicos. GATI VIDEO, 2004.

ARTÍCULOS CIENTÍFICOS Y CONGRESOS

The 2004 outburst flood at Glacier Perito Moreno, Argentina. Authors: Chinni, Guillermo A.; Warren, Charles R. Journal of Glaciology 50.

Aplicación de tecnología blockchain como incentivo para la adopción y gestión de energías renovables en la Argentina. Argentina. Mar del Plata. 2018. Revista. Artículo Completo. Congreso. VI Congreso Nacional de Ingeniería en Informática Sistemas de Información - CoNaIISI 2018.

Desarrollo y Proyección del Parque Industrial de Pilar: Hacia la necesidad de una organización en redes eco-industriales. Argentina. Ciudad Autónoma de Buenos Aires. 2018. Revista. Artículo Completo. Congreso. Xl Congreso de Ingeniería Industrial COINI 2018.

Aplicación de tecnología blockchain en trazabilidad de alimentos: casos de estudio y limitaciones para su implementación local. Argentina. La Matanza. 2019. Revista. Artículo Completo. Congreso. VII Congreso Nacional de Ingeniería en Informática Sistemas de Información - CoNaIISI 2019.

Organización de redes eco-industriales: hacia la necesidad de nuevos modelos de participación y gestión. XIII COINI 2020 – Congreso Argentino Internacional de Ingeniería Industrial.

Exposición sobre *Tecnologías blockchain y machine learning en aplicaciones industriales.* XIII COINI 2020 – Congreso Argentino Internacional de Ingeniería Industrial.

Tecnología educativa aplicada a la enseñanza universitaria: uso de tecnologías emergentes y existentes para mejorar las experiencias de aprendizaje en ciencias aplicadas. Congreso Internacional de Ingeniería Industrial - XIV COINI 2021.

Aplicación de tecnologías emergentes en sensores remotos para procesar información almacenada y reducir riesgos ambientales. Congreso Internacional de Ingeniería Industrial - XV COINI 2022.

Tecnología educativa ante la necesidad de un diseño integral: antecedentes para la enseñanza universitaria. XV COINI 2022.

¡COMPARTE!

Espero que te haya gustado este libro. Estoy seguro de que tienes algún amigo, familiar, conocido, nueva relación o hasta ese que llaman «vecino» que podría interesarle la historia de los hermanos Green y de la inteligente Inge. Entonces, ¿por qué no pasárselo a alguien más?

Cuando comencé esta obra, primero tuve en mente algunas preguntas disparadoras y luego me puse a escribir una historia que fuese posible de ser leída por personas de casi cualquier edad; pensé que sería bueno leer de a poco, pero con entusiasmo, tomarse algunos minutos al día para pasarla bien, para después poder hablar sobre algún tema de interés con alguien más. Me imaginé una lectura activa, participativa y hasta divertida en algunos casos.

Otra motivación de este proyecto es que reduce el impacto ambiental frente a una edición tradicional, dado que es posible imprimirlo a demanda en varios países o bien debido a que llega hasta tus manos por préstamo.

Si tienes cerca chicos o gente joven (al menos de espíritu), no pierdas la oportunidad de que vuelvan a la lectura. Leer nos atrapa y nos libera.

Guillermo Andrés (G.A.) Chinni

AGRADECIMIENTOS

Las siguientes personas contribuyeron, de alguna manera, para que esta obra fuese posible:

Los profesionales de la salud que dieron todo durante los casi dos años que duró la pandemia.

Marta Rosa Mutti, quien leyó y corrigió las versiones iniciales; Gisela Serbia, mi esposa y una de las primeras lectoras; Anabella Greco y las editoras de Tahiel.

Mi hija Sophia, Gisela, mi esposa, los amigos y la familia.

Los grupos e instituciones en los cuales pude participar durante los últimos años.

Agradezco a Dios, su Hijo y su Espíritu por esta oportunidad, por esta ventana de gracia luego de un aislamiento que podría haber sido aún más prolongado, quizá eterno.

Este libro y la serie Anthropodion constituyen un proyecto independiente, pero no solitario.

» Podrás suscribirte.
» Recibirás un newsletter.
» Tendrás un espacio de consultas
  y envío de mensajes.
» Encontrarás nuevos proyectos.

Si te gustó,
contáctate con el autor, con más lectores como tú.

Vista
gachinni.com
Instagram @g.a.chinni
YouTube @G.A.Chinni

SOBRE EL AUTOR

Guillermo Andrés (G.A.) Chinni nació en la Patagonia argentina en 1972. Ha escrito obras de ficción, de no ficción, así como artículos científicos publicados en congresos y revistas especializadas.

Sus inquietudes actuales se centran en las problemáticas ambientales y en conocer cuáles son los límites de la ciencia y de la tecnología; se encuentra escribiendo una serie de libros sobre estas temáticas.

Ejerce como profesor e investigador universitario en ciencias de la vida, medioambiente y tecnología. Expone con frecuencia en congresos y conferencias; ha presentado artículos científicos en español e inglés. Publicó cuatro libros; participó en medios periodísticos y audiovisuales.

También es consultor en su Studio de ingeniería.

La experiencia con alumnos universitarios le ha permitido recopilar material respecto a las inquietudes de los jóvenes y adultos-jóvenes en período de prepandemia, pandemia y pospandemia de COVID-19, con lo cual se ha nutrido de un amplio material en cuanto a preferencias, necesidades y problemáticas, tanto propias como de estudiantes.

gachinni.com